KB261124

딸에게
보내는 편지

LETTER TO MY DAUGHTER
by Maya Angelou

Copyright © Maya Angelou, 2008
Korean Translation Copyright © MUNHAKDONGNE Publishing Corp., 2010

This Korean edition is published by arrangement with Random House,
an imprint of Random House Publishing Group, a division of Random House, Inc.
through Imprima Korea Agency.
All Rights Reserved.

이 책의 한국어판 저작권은 Imprima Korea Agency를 통해
Random House, an imprint of Random House Publishing Group, a division of Random
House, Inc.와 독점 계약한 (주)문학동네에 있습니다.
저작권법에 의해 한국 내에서 보호를 받는 저작물이므로
무단 전재 및 무단 복제를 금합니다.

이 도서의 국립중앙도서관 출판예정도서목록(CIP)은
서지정보유통지원시스템 홈페이지(http://seoji.nl.go.kr)와
국가자료공동목록시스템(http://www.nl.go.kr/kolisnet)에서 이용하실 수 있습니다.
(CIP제어번호: CIP2010000233)

딸에게 보내는 편지

Letter To My Daughter

마야 안젤루 지음 | 이은선 옮김

문학동네

어둠과 광명의 나날에 나의 어머니가 되어준 분들에게 감사를

애니 헨더슨
비비언 백스터
프랜시스 윌리엄스
버디스 볼드윈
애미셔 글렌

나를 당신의 딸로 맞아준 분께 감사를

도로시 하이트 박사

내가 직접 낳지는 않았지만 딸처럼 생각하는 여인들에게 감사를

오프라 윈프리
로사 존슨 버틀러
리디아 스터키
밸러리 심슨
콘스턴시아 로밀리

Contents

딸에게 보내는 편지

사랑하는 딸에게

이 편지를 다 쓰기까지 아주 오랜 시간이 걸렸구나. 내가 살아오면서 얻은 교훈과 그에 얽힌 이야기를 예전부터 네게 꼭 들려주고 싶었단다.

짧지 않은 삶을 살아오는 동안 나는 인생은 자신의 주인을 사랑한다는 믿음으로, 가끔은 부들부들 떨면서도 용감하게 수많은 일들을 시도했지. 이 책에는 너에게 도움이 될 만한 일화와 가르침 들만 실었단다. 내가 그 속에서 얻은 가르침들을 어떤 식으로 활용했는지는 밝히지 않았다. 똑똑하고 독창적이고 재치 있는 네가 상황에 맞게 잘 활용할 테니까.

이 책에는 내가 살아온 이야기와 예기치 않았던 사건 들, 시 몇 편, 읽으면서 웃을 수 있는 가벼운 이야기와 생각할 만한 이야기 들이 실려 있단다.

내 인생에는 나에게 호의를 보이면서 소중한 가르침을 준 사람들도 있었고, 악의를 보이면서 세상이 온통 핑크빛만은 아니라는 걸 분명히 깨우쳐준 사람들도 있었단다.

나는 수많은 실수를 저질러왔고, 죽기 전까지 앞으로도 많은 실수를 저지르겠지. 하지만 나는 괴로워하는 사람을 보면, 내 무능력으로 인해 언짢은 상황이 벌어지면, 그 책임을 인정하고 나를 먼저 용서한 다음, 내 오산 때문에 상처를 입은 사람에게 사과하는 법을 터득했단다. 과거를 돌이킬 수는 없으니 회개하는 것 말고는 달리 드릴 게 없지만, 하느님은 내 진심 어린 사과를 받아주시겠지.

네게 닥치는 모든 일들을 좌지우지할 수는 없어도, 그로 인해 약해지지 않겠다고 결심할 수는 있단다. 누군가의 구름 위로 떠오르는 무지개가 되렴. 불평은 하지 말아라. 마음에 안 드는 부분이 있으면 바꿀 수 있도록 최선을 다하면 되는 거야. 바꿀 수 없는 일이라면 네 생각을 바꾸거라. 그러면 새로운 해답이 떠오를 거야.

푸념은 하지 말아라. 푸념은 가까운 데 먹이가 있다는 걸 사나운 짐승한테 알려주는 것밖에 안 되거든.

죽기 전에 이 세상을 위해 뭔가 근사한 일을 하는 것도 잊지 말고.

내 몸으로 낳은 자식은 아들 하나뿐이지만, 나에게는 수많은 딸이 있단다. 너는 흑인이고 백인이고, 유대교도이고 이슬람교도이고, 동양인이고, 스페인어를 쓰지. 아메리카 원주민이고 알레우트족이고. 통통하건 말랐건, 예쁘건 평범하건, 동성애자이건 이성애자이건, 많이 배웠건 적게 배웠건, 너희 모두가 내 딸이란다. 자, 여기 내가 너희에게 주고 싶은 선물이 있다.

고향

나는 미주리 주 세인트루이스에서 태어났지만, 세 살 때부터 아칸소 주의 스탬스에서 할머니인 애니 헨더슨, 아버지의 동생인 윌리 삼촌, 내 유일한 형제인 베일리 오빠와 함께 살았다.

그러다 열세 살 때 샌프란시스코에 사는 어머니에게 갔고, 나중에는 뉴욕에서 공부했다. 나는 지금까지 파리, 카이로, 서아프리카와 미국 전역을 오가며 살았다.

여기까지는 사실이다. 그런데 아이 입장에서 사실이란 "제 이름은 조니 토머스입니다. 우리 집은 센터 가 220번지입니다"라는 문장처럼 그저 외워야 하는 말들에 불과하다. 어떤 사실도 그 아이의 실상하고는 아무런 관계가 없다.

어린 시절을 보낸 스탬스에서의 내 현실은 복종에서 벗어나려는 몸부림의 연속이었다. 일차적으로는 모두 흑인인 데다 몸집이 아주아주 큰, 날마다 마주치는 어른들에 대한 복종이었고, 그다음으로는 흑인은 내가 거의 보지도 못한 백인에 비해 열등하다는 생각에 대한 복종이었다.

무슨 이유에서인지, 나는 나보다 잘난 사람은 우리 오빠뿐이라고 생각했다. 나도 똑똑했지만 베일리 오빠는 나보다 더 똑똑했던 데다, 이 세상에서 제일 똑똑한 사람은 자기라는 걸 잊을 만하면 일깨워주고 심지어 어떤 때는 자기 입으로 강조하기까지 했기 때문일 것이다. 그런 결론을 내린 게 오빠 나이 아홉 살 때였다.

남부, 그중에서도 특히 아칸소 주 스탬스는 덩치 큰 흑인 어른을 정신적인 난쟁이로 만드는 부문에서 수백 년의 역사를 자랑하는 곳이었다. 아무리 가난한 집 아이라도 백인이면 주변의 칭찬이 자자하지만 흑인이면 나이가 많아도 그냥 이름으로 부르거나 자기가 만든 별명으로 부를 수 있었다.

토머스 울프는 미국 역사상 가장 위대한 걸작의 제목을 통해 '그대 다시는 고향에 가지 못하리'라고 경고한 바 있다. 그 작품은 재미있게 읽었지만, 제목에는 절대 동의할 수 없다. 나는 오히려 고향을 떠날 수 있는 사람은 없다고 믿는 쪽이다. 사람들은 고향의 그림자와 꿈과 두려움 그리고 환상을 살갗 속에, 한쪽 눈초리에, 또 어쩌면 귓불 연골 속에 넣고 다닌다.

고향이라는 그 유년기의 영역에 실제로 거주하는 사람은 어린아이뿐이다. 부모, 형제, 이웃은 왔다가 사라지는, 그곳의 유일한 자유 시민인 어린아이 주변에서 이해할 수 없는 이상한 일들을 저지르는 정체불명의 유령들이다.

어린 관찰자에게 지형은 아무 의미도 없다. 남서부에서 자란 아이에게 사막과 뻥 뚫린 하늘은 자연스러운 풍경이다. 엘리베이터가 있고, 지하철이 덜컹거리고, 수백만 명이 사는 뉴욕이나 야자수와 태양과 해변으로 유명한 플로리다 남동부에 사는 아이들에게 바깥세상은 예전에도 그랬고, 현재도 그렇고, 앞으로도 그럴 것이다. 그 바깥세상은 바꿀 수가 없다. 그렇기 때문에 아이는 자기 외에는 아무도 살지 않고 아무도 들어올 수 없는 자기만의 공간을 찾게 된다.

장담하건대 온전한 어른으로 성장하는 사람은 거의 없다. 우리는 주차 공간을 찾고, 신용카드를 신줏단지처럼 떠받든다.

결혼을 하고, 감히 아이를 낳고 하는 것을 어른이 되는 과정이라고 말한다. 하지만 그건 나이를 먹는 과정일 뿐이다. 우리는 몸과 얼굴에 세월의 흔적을 축적하지만, 진정한 우리, 그러니까 우리 안에 있는 어린아이는 아직도 순진무구하고 목련처럼 부끄럼이 많다.

우리 모두 겉으로는 세상 물정 다 아는 것처럼 세련되게 행동한다. 하지만 가장 큰 위안을 얻는 것은 내면으로 들어가 내 것이라고 말할 수 있는 단 하나의 공간, 바로 고향을 찾을 때일 것이다.

베푼다는 것은…

천성적으로 인심 좋은 사람을 상대로 자선사업에 대해 말하려니 독실한 성가대원들에게 열정적으로 설교하는 목사가 된 듯한 기분이다. 그럼에도 불구하고 용기를 내는 이유는 가끔은 성가대원들에게도 사기를 북돋아주고 그 헌신적인 자세에 감사의 뜻을 전할 필요가 있기 때문이다. 그들도 격려를 받아야 더욱 풍부한 감정을 실어서 계속 노래를 부를 수 있다.

미국의 기부자 한 명이 미국암협회, 적십자, 구세군, 굿윌, 겸상적혈구빈혈협회, 전미유대인협회, 전미유색인지위향상협회, 전미도시연맹을 살린다. 이 명단에는 교회 기관, 유대교 예배당 프로그램, 이슬람사원협회, 불교 사원, 단체, 관리, 시와 지역사회 동호회까지 포함된다. 하지만 가장 많은 후원금을 내는 사람은 자선사업가다.

자선사업에 해당되는 영어 단어 'philanthropy'는 사랑이라는 뜻의 그리스어 'philo'와 인류라는 뜻의 그리스어 'anthro'가 합쳐져서 만들어진 것이다. 그러니까 자선사업가는 결국 인류를 사랑하는 사람들이다. 그들은 사람들이 즐기면서 일을 할 수 있도록 으리으리한 건물을 짓는다. 이 사회의 보건과 교육 수준 향상에 기여하는 기관에 막대한 후원금을 기부하기도 한다. 자선사업이라는 말만 들어도 미소가 절로 떠오르고, 얼굴 없는 천사에게 뜻밖의 선물을 받는다는 흥분이 느껴진다.

이 세상에는 자신이 자선사업가로 비치길 바라는 사람들이 있다. 그런가 하면 단체나 조직 뒤로 얼굴을 숨기는 경우도 많다. 인심을 베푸는 상대와 거리를 두는 것이다. 나는 그렇지 않다. 나는 그보다 인정 많은 사람이고 싶다. 인정이 많다는 것은 말 그대로 '나는 필요 이상으로 많은 걸 가지고 있고, 당신은 부족하네요. 내 남는 몫을 당신과 나누고 싶어요'라는 뜻이다. 내 남는 몫이 돈이나 물건처럼 눈에 보이는 것이어도 좋고, 그렇지 않은 것이어도 좋다. 말이나 행동에서 인정이 느껴지는 것만으로도 상대에게 얼마든지 엄청난 기쁨을 선사할 수 있고, 상처받은 가슴을 치료해줄 수 있는 것이다.

나를 키워주신 할머니는 내가 세상을 바라보는 시각이나 그 안에서 나의 위치를 파악하는 데 큰 영향을 미쳤다. 우리 할머니는 품위, 그 자체였다. 목소리는 나지막했고, 두 손을 깍지 껴서 뒷짐을 지고 천천히 걸었다. 내가 할머니 흉내를 어찌나 잘 냈던지 이웃 사람들이 나더러 할머니 그림자라고 부를 정도였다.

"헨더슨 자매님, 또 그림자랑 같이 가시네요."

그러면 할머니는 나를 보며 미소를 지었다.

"그러게요, 그런 것 같네요. 내가 멈추면 이 아이도 멈추고, 내가 움직이면 이 아이도 움직이니 말이죠."

열세 살이 되었을 때 할머니는 나를 캘리포니아에 사는 어머니한테 데려다주고 곧장 아칸소로 돌아갔다. 캘리포니아의 어머니 집은 내가 자란 아칸소의 조그만 집과는 딴 세상이었다. 우리 어머니는 머리카락을 빳빳하게 펴서 세련된 보브 스타일을 유지했다. 나는 드라이를 왜 해야 하는지 모르는 할머니 밑에서 자랐기 때문에 자연스럽게 땋은 머리를 하고 지냈다. 할머니가 라디오를 켜는 것은 뉴스와 찬송가와 〈갱 버스터스〉*와 〈론 레인저〉**를 듣기 위해서였다. 어머니는 립스틱과 볼 터치를 바르고, 레코드플레이어로 블루스와 재즈를 크게 틀어놓고 들었다. 어머니의 집은 왁자지껄하게 웃고 떠드는 사람들로 넘쳐났다. 분명 나에게 어울리는 공간이 아니었다. 나는 두 손을 뒤로 깍지 껴서 뒷짐을 지고 단단히 땋은 머리를 히고 찬송가를 흥얼거리며 그 세속적인 분위기 속을 어슬렁거렸다.

어머니는 이 주 정도 나를 지켜보았다. 그러더니 어느 날 "우리 같이 앉아서 이야기 좀 하자꾸나" 하고 말했다. 그렇게 우리의 다정한 대화가 시작되었다.

어머니가 말했다.

"마야, 넌 내가 할머니랑 달라서 못마땅하지? 맞아. 난 할머니하고는 달라. 하지만 난 네 엄마고, 너한테 좋은 옷을 사주고 정성껏 준비한 음식을 먹이고 이 지붕으로 비바람을 가릴 수 있도록 뼈 빠지게 일하고 있어. 학교에서 선생님이 널 보고 웃으면 너도 웃어주겠지. 잘 모르는 친구들이 웃더라도 역시 미

---

* 1935년부터 1957년까지 방송된 라디오 경찰 드라마.
** 1930년부터 1954년까지 방송된 라디오 서부극.

소로 대답할 테고. 난 네 엄마야. 네가 어떻게 해줬으면 좋겠다고 말할 수 있는 입장이라고 생각해. 모르는 사람한테 억지로라도 웃어줄 수 있다면 엄마한테도 그렇게 해주렴. 그 마음, 고맙게 받아들이겠다고 약속할게."

어머니는 내 뺨에 손을 얹고 미소를 지었다. "자, 우리 딸, 엄마를 위해 웃어봐. 얼른."

어머니가 우스꽝스러운 표정을 짓자 나도 모르게 미소가 떠올랐다. 어머니는 나에게 입을 맞추고 눈물을 흘렸다.

"우리 딸 웃는 얼굴을 처음 보네. 너무 예쁘다. 우리 예쁜 딸이 웃을 줄 아네."

예쁘다는 소리를 들은 건 그때가 처음이었고, 내가 기억하기로 누가 나더러 딸이라고 불러주는 것도 처음이었다.

그날 나는 누군가에게 미소 짓기만 해도 베푸는 사람이 될 수 있다는 걸 배웠다. 그후 세월이 흐르면서 따뜻한 말 한마디, 지지 의사표시 하나가 누군가에게는 고마운 선물이 될 수 있다는 걸 깨달았다. 내가 옆으로 조금만 움직이면 다른 사람이 앉을 수 있는 자리가 생긴다. 음악이 마음에 들면 소리를 높일 수 있고, 귀에 거슬리면 소리를 낮출 수 있다.

내가 자선사업가로 알려질 일은 없겠지만, 인류를 사랑하는
사람임에는 분명하다. 나는 내가 가지고 있는 것을 아낌없이
나누어줄 것이다.

나는 내가 인정 많은 사람이라고 말할 수 있어서 행복하다.

계시를 받은 날

그날은 분명 계시를 받은 날이었다. 계시자 요한이 예언한 그런 날이었다. 열차가 굉음을 내며 그 검은 뱃속을 달리자 지축이 흔들렸다. 자가용, 택시, 버스, 노면전차, 트럭, 배달차, 스케이트보드의 뚜뚜, 빵빵, 부르릉, 쾅, 끼이익, 삑삑 소리가 대기를 메우자, 대기 자체가 상한 그레이비소스처럼 탁하고 울룩불룩하게 변했다.

이 세상의 다양한 언어를 구사하는 온갖 사람들이 도처에서 세상의 시작과 종말을 구경하기 위해 시내로 몰려들었다.

나는 그날의 그 끔찍함을 잊고 싶어서 필모어 가의 할인점으로 갔다. 플라스틱 진열대에 꿈들이 걸려 있는 넓디넓은 가게었다. 나는 진열대 사이를 수백 번 오르락내리락했다. 나는 그곳의 은밀한 매력을 알고 있었다. 가슴에 마분지를 넣어놓은 나일론 슬립에서부터 무지개나무에서 떨어진 분홍색, 빨간색, 초록색, 파란색 과일 같은 립스틱과 매니큐어가 놓인 화장품 코너까지.

그 도시에서 나는 동틀 녘처럼 상큼한 열여섯 살이었나.

그날은 숨이 막힐 만큼 중요한 날이었다.

오래전부터 같이 자자고 조르던 동네 남자아이가 있었다. 나는 몇 달째 거절하고 있었다. 그 아이는 남자친구가 아니었다. 심지어 우리는 데이트를 한 적도 없었다.

내가 내 몸의 배신을 알아차린 건 그 무렵이었다. 목소리는 굵고 허스키해졌고, 거울에 비친 알몸에선 여성의 곡선미가 드러날 기미가 전혀 보이지 않았다.

키는 이미 180센티미터였고 가슴은 납작했다. 남자와 성관계를 가지고 나면 말을 안 듣는 내 몸이 어른스럽게 변하고 제대로 반응할지도 모른다는 생각이 들었다.

그날 아침 나는 남자아이의 전화를 받고, 승낙했다. 그는 주소를 알려주면서 여덟시에 만나자고 했고, 나는 알았다고 대답했다.

그곳은 친구에게 빌린 아파트였다. 문가에서 그를 본 순간, 나는 잘못된 선택을 내렸다는 걸 깨달았다. 우리는 다정한 말을 주고받지도, 따뜻하게 서로를 어루만지지도 않았다.

그가 데려간 침실에서 우리는 옷을 벗었다. 서툰 행위는 십오 분 만에 끝이 났고, 나는 옷을 입고 현관을 나섰다.

서로 작별 인사를 나눴는지 어땠는지는 기억나지 않는다.

다만 길을 걸어가는데 정말 이것으로 끝인지 궁금했고, 오랫동안 욕조에 몸을 담그고 싶은 마음이 간절했던 생각은 난다. 나는 실제로 목욕을 했다. 하지만 이것으로 끝이 아니었다.

그로부터 아홉 달 뒤에 나는 예쁜 아들을 낳았다. 아들 덕분에 나는 스스로 인생을 개척할 용기를 얻었다.

나는 아이에 대한 소유욕을 버리면서 아이를 사랑하는 법을 터득했고, 아이 스스로 배울 수 있도록 가르치는 법을 터득했다.

사십여 년이 지난 지금, 멋진 남자로 자란 그 아이, 다정한 남편이자 아버지, 훌륭한 시인이자 뛰어난 소설가, 책임감 있는 시민이자 이 세상에서 가장 근사한 아들로 자란 그 아이를 보면서 나는 그 아이를 내게 보내주신 조물주에게 감사한다.
아주 오래전, 계시를 받은 그날이 내 인생 최고의 날이었다. 할
렐루야!

아이를 낳는 것에 관하여

베일리 오빠는 임신 사실을 어머니에게 알리지 말라고 했다. 어머니가 알면 학교를 못 다니게 할 거라면서. 나는 졸업을 코앞에 두고 있었다. 오빠는 어머니가 새아버지와 함께 알래스카의 놈에서 운영하는 나이트클럽 일을 보고 샌프란시스코로 돌아오기 전에 고등학교 졸업장을 따놓으라고 했다.

새아버지의 생일이기도 한 전승기념일에 나는 졸업장을 받았다. 그날 아침 새아버지는 내 어깨를 두드리며 이렇게 말했다.

"이제 다 커서 훌륭한 아가씨가 됐구나."

나는 속으로 중얼거렸다. 그럼요. 이제 임신 구 개월하고 일주가 되었는걸요.

새아버지의 생일과 나의 졸업과 우리나라의 승리를 축하하는 화기애애한 저녁식사를 마치고 나서, 나는 아버지의 베개에 쪽지를 남겼다.

"아빠, 우리 가족을 부끄럽게 만들어서 죄송해요. 저 임신했어요."

그날 밤, 나는 잠을 이루지 못했다.

새벽 세시쯤, 아버지가 침실로 들어가는 소리가 들렸다. 그런데 아버지는 곧바로 내 방문을 두드리지 않았다. 나는 아버지가 쪽지를 읽었을지 궁금했다. 잠을 자기는 틀린 일이었다.

아침 여덟시 삼십분, 아버지가 내 방문 앞에서 말했다.

"애야, 내려와서 같이 커피 마시자. 그건 그렇고…… 쪽지는 읽었다."

멀어져가는 아버지의 발소리보다 내 심장 뛰는 소리가 더 크게 들려왔다. 아래층 식탁에서 아버지가 말했다.

"엄마한테 전화를 하마. 얼마나 남았니?"

"삼 주 남았어요." 내가 대답했다.

아버지는 미소를 지었다. "엄마가 오늘 당장 올 거다."

그때 내 심정은 초조하고 겁이 났다는 말로는 표현이 안 될

정도였다.

해가 떨어지기도 전에 예쁘장하고 아담한 우리 어머니가 집으로 들이닥쳤다. 어머니는 입을 맞춘 다음 나를 훑어보았다.

"임신 삼 주보단 더 돼 보이는데?"

"아니에요. 지금 구 개월하고 일 주예요."

"아이 아빠가 누구니?" 어머니가 물었다.

나는 사실대로 말했다.

"그애를 사랑하니?" 어머니가 물었다.

"아뇨."

"그애는 너를 사랑하니?"

"아뇨. 같이 잔 남자는 그애뿐이었고, 그것도 딱 한 번뿐이었어요."

"세 사람의 인생을 망칠 필요가 뭐 있겠니? 우리 집안에 아주 예쁜 아기가 태어나겠구나."

어머니는 자격증이 있는 간호사였다. 진통이 시작되자 어머니는 면도를 해주고 분을 뿌린 다음 나를 병원으로 데려갔다. 의사는 아직 도착하지 않은 상태였다. 어머니는 간호사들에게 자기소개를 하고, 당신도 간호사 자격증이 있으니 출산을 돕겠다고 했다.

어머니는 분만대 위로 올라와서 나더러 다리를 구부리라고 했다. 그런 다음 내 무릎을 어깨로 받치고 야한 이야기를 들려주었다. 진통이 찾아올 때마다 어머니는 야한 이야기의 하이라이트를 이야기했고, 그 말에 내가 웃음을 터트리면 어머니는 힘을 주라고 말했다.

드디어 아이의 머리가 보이기 시작하자 자그마한 체구의 우리 어머니가 분만대 밑으로 뛰어 내려가 아이를 보면서 큰 소리로 외쳤다.

"이제 나온다. 머리가 까만색이야."

까만색이 아니면 무슨 색일 거라고 생각하신 걸까?

어머니가 아이를 받았다. 어머니는 간호사들과 함께 아이를 씻기고 강보로 싸서 나한테 데려왔다.

"내 아가, 여기, 예쁜 아기 여기 있다."

아버지는 어머니가 집으로 돌아왔을 때 어찌나 피곤해 보이던지 네쌍둥이라도 낳은 사람 같았다고 했다.

어머니는 손자를 자랑스러워했고, 나도 자랑스러워했다. 나는 용감하고 애정이 넘치고 훌륭한 할머니가 이끄는 헌신적인

집안에서 아이를 낳은 것을 조금도 후회하지 않았다. 그래서
나도 내가 자랑스러웠다.

우연이었을까, 필연이었을까?

그의 이름은 마크였다. 그는 키가 크고 체격이 좋았다. 만약 그의 훌륭한 외모를 말에 비유한다면 캐나다 기마경찰대원을 모두 태울 수 있을 정도였다. 그는 텍사스에서 태어났고, 디트로이트에서 일자리를 구했다. 그곳에서 돈을 모아 코치에게 훈련을 받고 권투선수가 될 계획이었다.

그러다 그만 자동차 공장의 기계에 오른손가락 세 개가 잘리면서 그 꿈이 물거품이 되었다. 나를 만났을 때 그는 그 이야기를 하면서 그래서 두 손가락 마크라고 불린다고 설명해주었다. 꿈이 뒤로 미루어진 것을 억울해하는 기미는 전혀 없었다. 그의 말투는 부드러웠고, 내가 자기 셋방으로 놀러갈 수 있도록 종종 아이 맡기는 비용을 대주었다. 그는 더할 나위 없이 훌륭한 남편감이었다. 천천히 사랑을 나눌 줄 아는 연인이었다. 그 사람 옆에 있으면 마음이 놓이고 든든했다.

그렇게 다정한 관심을 받은 지 몇 개월이 지난 어느 밤 직장으로 나를 데리러 온 그가 하프 문 베이로 드라이브를 가자고 했다.

그가 절벽 위에 차를 세우자, 창문 너머로 물결에 일렁이는 은색 달빛이 보였다.

차에서 내렸을 때 그가 말했다.

"이쪽으로 와봐."

나는 얼른 그쪽으로 다가갔다.

"너, 나 몰래 다른 남자 만나고 있지?" 그가 말했다.

그 말에 나는 웃음을 터트렸다. 그렇게 한참 웃고 있는데 그의 손이 날아왔다. 그리고 숨 돌릴 겨를도 없이 이번에는 두 주먹이 내 얼굴을 강타했다. 쓰러지는데 눈앞에 별이 보였다.

정신을 차리고 보니 나는 바위에 거의 알몸으로 기대어 있었다. 그는 널빤지를 손에 들고 울고 있었다.

"그렇게 잘해줬는데, 이 형편없는 사기꾼에 더러운 여자 같으니.”

그에게 걸어가고 싶었지만, 다리가 말을 듣지 않았다. 그때 그가 널빤지로 내 뒤통수를 내리쳤다. 나는 정신을 잃었다. 그는 내가 정신을 차릴 때마다 울면서 또 때렸고, 나는 계속 정신을 잃었다.

그후 벌어진 몇 시간 동안의 일은 사람들로부터 들은 이야기를 그대로 전하는 수밖에 없다.

마크는 나를 자동차 뒷자리에 태우고 샌프란시스코의 아프리카계 미국인 지역으로 갔다. 그런 다음 베티 루의 치킨집 앞에 차를 세우고 단골 몇을 불러 내 모습을 보여주었다.

“뒤통수치는 계집에겐 이런 식으로 본때를 보여줘야 해.”

그들은 내 몰골을 보고 나서 다시 식당 안으로 들어갔다. 그리고 마크가 자기 차 뒷자리에 비비언의 딸을 태우고 있는데 죽은 것 같다고 베티 루에게 전했다.

어머니와 절친한 사이였던 베티 루는 즉시 어머니에게 연락했다.

그런데 아무도 마크가 어디에 살고, 어디에서 일하는지, 심지어 그의 성이 무엇인지도 알지 못했다.

당시 어머니는 당구장과 도박장을 운영하고 있었고 베티 루는 경찰에 아는 사람이 있었기 때문에 두 사람은 마크를 찾아내는 건 시간문제라고 생각했다.

어머니는 샌프란시스코에서 손꼽히는 보석 보증인과 절친한 사이였다. 그래서 그쪽으로 전화를 걸었다. 하지만 보이드 푸치넬리의 파일에는 마크도, 두 손가락 미그도 없었나. 그는 계속 알아보겠다고 약속했다.

눈을 떠보니 나는 침대에 누워 있었고, 온몸이 욱신거렸다. 숨 쉬는 것도, 말하기 위해 입을 여는 것도 고통스러웠다. 갈비뼈가 부러졌기 때문이라고 마크가 말했다. 입술은 이에 눌려서 갈라졌다.

그는 눈물을 흘리면서 나에게 사랑한다고 말했다. 그러더니 양날 면도칼을 가지고 와서 자기 목에 갖다 댔다.

"나 같은 건 살 필요가 없어. 죽어버려야 해."

그러지 말라고 말하고 싶어도 목소리가 나오지 않았다. 그는 얼른 면도칼을 내 목으로 옮겼다.

"널 여기 남겨두고 갈 수는 없지. 다른 검둥이 차지가 될 테니까."

말을 한다는 건 불가능했고, 숨 쉬기도 고통스러웠다.

갑자기 그가 마음을 바꾸었다.

"당신, 삼 일 동안 아무것도 못 먹었잖아. 주스 좀 사다줄게. 파인애플 주스가 좋아, 오렌지 주스가 좋아? 고개만 끄덕여."

어떻게 해야 좋을지 알 수 없었다. 어떻게 하면 그를 밖으로 내보낼 수 있을까?

"근처 가게에서 주스 좀 사올게. 아프게 해서 미안해. 주스 사 가지고 와서 당신이 다 나을 때까지 열심히 간호할 거야. 약속해."

나는 밖으로 나가는 그의 뒷모습을 물끄러미 바라보았다.

그제야 내가 있는 곳이 어딘지 알 수 있었다. 예전에 자주 드나들던 그의 집이었다. 집주인이 같은 층에 살고 있었기 때문에 그녀를 부르면 도움을 받을 수 있을지 모른다는 생각이 들었다. 나는 숨을 최대한 크게 들이쉬고 소리를 질러보았지만, 아무 소리도 나오지 않았다. 일어나 앉으려고 했다가 너무 아파서 딱 한 번 시도해보고는 바로 포기했다.

나는 그가 면도칼을 어디에 두었는지 알고 있었다. 면도칼을 집을 수만 있다면 스스로 목숨을 끊을 수 있을 테고, 그러면 나를 죽이는 희열을 그에게서 빼앗을 수 있었다.

나는 기도를 하기 시작했다.

정신이 들락날락하면서도 기도를 하는데, 복도 저쪽에서 고함 소리가 들렸다. 어머니의 목소리였다.

"부숴버려. 그 개자식도 부숴버려. 내 아이가 저 안에 있다니까!"

쩍 하는 소리와 함께 문이 산산조각 났고, 자그마한 체구의 우리 어머니가 그 사이로 걸어 들어왔다. 어머니는 내 몰골을 보고 그 자리에서 쓰러졌다. 나중에 어머니는 살아오면서 기절한 건 그때가 처음이자 마지막이라고 털어놓았다.

얼굴은 두 배로 퉁퉁 붓고 이는 입술 속으로 파고든 내 몰골을 어머니는 감당할 수 없었다. 그 충격으로 쓰러진 거였다. 어머니의 뒤를 이어 덩치 좋은 남자 셋이 들어왔다. 그중 두 명의 도움을 받아 어머니는 정신을 차리고 비틀거리면서 일어났다. 어머니가 두 사람의 부축을 받으며 내게로 걸어왔다.

"아가야, 아가야, 정말 미안하구나."

어머니가 건드릴 때마다 나는 움찔했다.

"구급차를 부르마. 그 개자식은 죽여버릴 거야. 미안하다."

세상의 모든 어머니가 그렇듯 자식에게 끔찍한 일이 생기자 우리 어머니도 죄책감 때문에 괴로워했다.

나는 말을 할 수도, 어머니를 만질 수도 없었지만, 숨 막힐 정도로 악취가 나던 그 방 안에 있던 순간만큼 어머니를 사랑한 적이 없었다.

어머니는 내 얼굴을 가볍게 쓰다듬고 팔을 어루만졌다.

"아가야, 누군가의 기도가 응답을 받았나봐. 어디에 가야 마크를 찾을 수 있는지 아무도 몰랐거든. 심지어 보이드 푸치넬리도 몰랐어. 그런데 마크가 주스를 사러 가게에 갔을 때 아이 둘이 담배 장수의 트럭을 털었지 뭐니."

어머니는 이야기를 계속했다.

"경찰차가 보이니까 아이들이 담배 상자를 마크 차에 던졌어. 마크가 차에 타려는 순간 경찰이 그를 체포했지. 경찰은 결백을 주장하는 그의 말을 믿지 않고 유치장에 집어넣었고. 그런데 딱 한 번 전화를 걸 수 있는 기회를 얻자 마크가 보이드 푸치넬리한테 전화를 걸었던 거야. 보이드가 전화를 받았지."

마크는 이렇게 얘기했다고 한다.

"제 이름은 마크 존스이고, 오크 가에 살고 있어요. 지금은

돈을 갖고 있지 않지만, 집주인 아주머니한테 맡겨놓은 돈이 제법 돼요. 아주머니한테 전화하면 선생님이 말씀하시는 금액을 가지고 갈 겁니다."

"어디 산다고요?" 보이드가 물었다.

"제 별명이 두 손가락 마크예요." 마크가 대답했다.

보이드는 전화를 끊고 내 어머니에게 전화를 걸어 마크의 주소를 알려주었다. 그러면서 경찰을 부를 거냐고 물었다. 어머니가 대답했다.

"아니. 당구장에서 주먹 몇 명 데려가 내 딸을 구할 거야."

마크의 집에 도착했더니 집주인은 마크라는 사람을 모른다고, 아무튼 집에 안 들어온 지 며칠 됐다고 했다.

어머니는 그럴 리 없다며 딸아이를 찾으러 왔는데 딸이 그 집, 마크의 방에 있다고 말했다. 그러고는 마크의 방이 어디냐고 물었다. 집주인이 그가 문을 잠가놓고 다닌다고 대답하자, 어머니가 말했다.

"오늘 열릴 거예요."

집주인이 경찰을 부르겠다고 으름장을 놓자 어머니가 말했다.

"요리사를 부르든, 빵집 주인을 부르든, 장의사를 부르든 마음대로 하세요."

집주인이 마크의 방을 가르쳐주자 어머니는 데려온 사람들에게 말했다.

"부숴버려. 그 개자식도 부숴버려."

병실에서 나는 모르는 사람의 차 안으로 훔친 담배 상자를 던진 어린 좀도둑 두 명에 대해 생각했다. 마크는 체포되었을 때 보이드 푸치넬리에게 전화했고, 보이드는 내 어머니에게 전화했고, 어머니는 당구장에서 제일 담대한 남자 셋을 데려왔다.

그들이 내가 갇혀 있던 방문을 부쉈고 이렇게 해서 나는 목숨을 건질 수 있었다. 이 모든 것은 우연이었을까, 필연이었을까, 아니면 기도에 대한 응답이었을까?

나는 기도에 대한 응답이었다고 믿는다.

솔직한 대답

　내 어머니 비비언 백스터는 사람들이 잘 지내냐고 묻는 건, 사실 정말 잘 지내는지 알고 싶어서 묻는 게 아니라고 강조하곤 했다. 이 세상 수천 가지 언어로 건네지는 그 모든 인사가 대화를 시작하는 단순한 방법에 불과하다는 걸 모르는 사람은 거의 없다. "무릎이 깨진 것 같고, 허리가 너무 아파서 쓰러져 울고 싶다"는 식의 대답을 실제로 기대하거나, 정말 그런지 알고 싶어하는 사람은 아무도 없다. 그런 식으로 대답하는 사람이 있으면 대화는 곧 막힐 것이다. 대화가 시작되기도 전에 끊길지도 모른다. 그래서 우리는 모두 이렇게 대답한다.

　"예, 잘 지내요. 그쪽도 잘 지내죠?"

이런 식으로 우리는 사회적인 거짓말을 주고받는 법을 터득한다. 걱정될 정도로 살이 빠졌거나 보기 싫을 정도로 살이 찐 친구를 만나면 우리는 "좋아 보인다"고 말한다. 모두들 그게 빤한 거짓말인 줄 알고 있지만, 어떻게 보면 평화를 유지하기 위해, 또는 진실을 마주하고 싶지 않아서 거짓을 삼켜버린다. 하지만 이제는 이런 사소한 거짓말을 그만두었으면 좋겠다. 잔인할 정도로 솔직해지자는 말이 아니다. 무엇에 대해서건 잔인해질 필요는 없다. 하지만 솔직해지면 놀라울 만큼 자유로워진다. 알고 있는 걸 모두 말할 필요는 없지만, 진실을 이야기하도록 노력해야 한다.

이 시대의 젊은 아가씨들에게 용감하게 이야기해주자.

"그 지저분한 헤어스타일이 유행일지는 몰라도 보기엔 좋지 않구나. 그런 머리 하고 다녀서 좋을 게 뭐가 있겠니?"

그리고 젊은 총각들에게는 이렇게 이야기해주자.

"재킷 밖으로 셔츠 자락을 빼서 입으면 쿨해 보일 것 같지? 하지만 단정치 못하고 칠칠맞지 않아 보일 뿐이야."

할리우드의 일부 패션 전문가들은 남자가 면도를 하다 만 얼굴로 구깃구깃한 옷을 입고 나오면 방금 전까지 자다 일어난

듯 부스스한 것이 섹시해 보인다고 말한다. 일리 있는 부분도 있고, 틀린 부분도 있다. 방금 전까지 자다 일어난 것처럼 보인다는 말은 맞는 말이다. 하지만 섹시해 보인다는 말은 틀렸다. 사람이 천박해 보이니 말이다.

코와 젖꼭지와 혀에 한 피어싱은 실험정신이 강한 젊은 세대의 전유물이다. 나는 피어싱이 마음에 들지 않지만 별로 신경 쓰지 않는다. 그들도 나이가 들면 대부분 일정한 틀 안에서 일을 하며 살아나갈 테니 말이다. 그러면 그들은 링을 빼버릴 테고, 자기 자식들이 십대가 되어 어쩌다 거기에 구멍이 생겼냐고 물어보면 변명할 거리가 없을 테니 구멍이 얼른 막히길 바랄 것이다.

이제부터는 사람들에게 솔직하게 이야기하자. 사람들이 잘 지내느냐고 물으면 가끔은 용기를 내서 솔직하게 대답하자. 그러면 그들도 무릎과 머리가 아픈 상황에서 당신의 아픈 곳에 대해서는 알고 싶지 않을 테니 당신을 슬슬 피하기 시작할 것이다. 하지만 사람들이 당신을 피하기 시작하면 아픈 데를 치료할 방법을 고민하고 연구하는 데 할애할 시간이 많아질 테니 오히려 잘된 일이 아닐까.

천박한 문화

　자신의 교양 없는 행동을 예술인 양 생각하는 연예인들이 있다. 그러나 공개적인 자리에서의 무례한 행동은 극심한 열등감의 표출에 불과하다. 자기 몸에 진흙을 치덕치덕 바르고 세 치 혀로 천박한 말을 재잘거릴 때 그들은 스스로 사랑받을 자격이 없는 존재라고 생각하고 있음을 만천하에 폭로하는 셈이다. 그럴 때 관객이 되어 그들의 저속함을 즐기면, 우리는 로마 콜로세움에서 성난 사자들이 무방비 상태의 그리스도교도들을 죽이는 광경을 보면서 전율했던 사람들과 똑같아지는 것이다. 우리가 그 문란함을 함께하는 것은 단지 연예인들의 굴욕의 현장에 동참하는 데 그치는 것이 아니라, 우리의 수준도 함께 낮추는 것이다.

이제는 용감하게 나서서 뚱뚱한 게 뭐가 우습냐고, 천박한 게 뭐가 재미있느냐고 말해야 한다. 버릇없는 아이들과 오냐오냐 받아주기만 하는 부모는 우리가 존경하고 본받을 만한 대상이 아니다. 무례하고 빈정거리는 말투는 우리가 일상에서 대화를 나눌 때 보여주고 싶은 자세가 아니다.

만일 어느 나라 왕이 우리 집 거실에 알몸으로 서 있다면, 나는 당당히 말할 것이다. 옷을 걸치지 않았으니 당신은 사람들 앞에 나설 자격이 없다고. 적어도, 우리 집 소파에 두 다리 뻗고 누워서 우리 집 주전부리를 즐길 자격은 없다고.

폭력은 결코 정당화될 수 없다

이 나라의 박식한 선생님과 유식한 교수님들이 연구 결과를 잘못 판단하고 그 내용을 그대로 전달했을 때, 그들로서는 조용히 고개를 돌리며 나지막이 작별 인사를 건네고, 『줄리어스 시저』에서 셰익스피어가 했던 말을 인용하며 그 자리를 떠나는 게 품위 있는 대처 방법일 것이다.

"겉보기에는 평온한 부조리를 지켜보라."

어떤 주제에 대해서는 나도 입을 다문 채 시간이 조금 흐른 뒤 오류가 밝혀지길 바랄 수도 있다. 하지만 한 가지 문제에서 만큼은 어쩔 수 없이 격한 반응을 보이게 된다. 우리 사회에는 강간을 성행위라기보다 강해지고 싶은 욕구의 표현이라고 단정 짓는 사회학자와 사회과학자들이 너무 많다. 한술 더 떠 이들은 강간범이 힘을 과시하려 드는 또다른 사람의 희생양인 경우가 대부분이고, 그 사람은 또다시 누군가의 희생양이고 어쩌고저쩌고 하며 구역질 나는 궤변을 늘어놓는다. 강간범이 그렇게 야만적으로 날뛴 배경에는 남을 지배하고 싶은 욕구가 조금은 자리 잡고 있었을지 모르지만, 장담하건대 그를 자극한 것은 (단연코) 성적 욕구다.

계획적인 강간에서 나는 소리, 즉 범인이 희생양을 발견하고 노릴 때 내는 신음 소리와 거친 숨소리 그리고 침 뱉는 소리는 다분히 성적이다. 강간범의 머릿속에서 스토킹은 은밀한 구애가 된다. 구애 대상은 그의 존재를 모르지만 그의 머릿속엔 욕망의 대상에 대한 생각뿐이다. 그는 그녀의 뒤를 밟고, 관찰하고, 자신이 연출하는 성애드라마 속에서 잔뜩 흥분한 주인공이 된다.

충동적인 강간은 성적인 여지가 아니라 변명의 여지가 덜할 뿐이다. 무방비 상태의 희생자와 마주친 범인은 놀란 표정에서 성적 충동을 느낀다. 그는 성기를 노출하는 데에서도 비슷하게 천박한 흥분을 느끼는데, 짤막한 충격을 주는 데 만족하지 않고 더 깊고 더 끔찍한 습격을 감행한다.

나는 우리의 사고방식뿐 아니라 법까지 좌우하려 드는 전문가들이 종종 강간을 용인할 수 있고 심지어 납득할 수 있는 사건으로 간주하는 세태가 걱정스럽다. 만약 강간이 단순한 권력욕이자 권력을 추구하고 행사하려는 수단에 불과하다면 그것을 인간의 극단적인 성행위로 이해하고 용서해야 한다. 하지만 강간 피해자에게 모욕적인 발언을 퍼붓거나 겁에 질린 피해자의 귀에 대고 영원한 사랑을 애처롭게 호소하며 세뇌시키려는 것은 권력욕이 아니라 고삐 풀린 성욕일 뿐이다.

강간이라는 탐욕스러운 행위는 잔인하고, 심장을 멎게 만들고, 숨 막히게 하고, 뼈를 으스러지게 할 정도로 강력한 폭력 행위이다. 그런 위협을 당한 남녀 피해자들은 대문을 열거나 나고 자란 동네에 나서지도 못하며, 다른 사람뿐 아니라 자기 자신조차 믿을 수 없게 된다. 강간은 폭력적이고 구제할 수 없는 성범죄다.

마초 기질이 다분한 사람 하나가 미니스커트를 보면 강간 충동이 인다고 했을 때, 내 남자 친구 하나가 보인 반응이 떠오른다.

내 친구는 그에게 만약 여자가 속옷을 입지 않은 채 초미니 스커트를 입고 있으면 참을 수 있겠느냐고 물으면서 이렇게 덧붙였다.

"그런데 그 여자의 덩치 좋은 오빠들이 야구방망이를 들고 옆에 서 있다면?"

나는 권력 이론을 인정하는 것이 그 행위의 추악한 면모를 사소한 것으로 간주해 축소시키고, 면도칼처럼 잔인한 폭력의 날을 무디게 하는 것은 아닐지 우려스럽다.

어머니의 지혜

독립은 독주와도 같아서 너무 어릴 때 마시면 덜 익은 포도주를 마실 때와 똑같은 증상이 나타난다. 이때 맛이 없다는 건 그리 중요한 문제가 아니다. 중독성이 강해 한 모금 마실 때마다 자꾸만 더 마시고 싶어지기 때문이다.

스물두 살 때, 나는 두 가지 일을 병행하며, 복도 끝에 공동 취사실이 있는 샌프란시스코의 방 두 개짜리 셋집에서 다섯 살배기 아들과 함께 살았다. 집주인인 제퍼슨 부인은 마음씨 넉넉한 할머니 같은 분이었다. 언제든지 기꺼이 아이를 봐주었고, 세입자들에게 저녁상을 차려주겠다고 고집을 부렸다. 워낙 다정하고 상냥했기 때문에 아무리 끔찍한 요리를 개발해 내놓아도 정말 성격이 모나지 않은 이상 어느 누구도 불평하지 못했다. 일주일에 최소 세 번 이상 식탁에 올랐던 스파게티는 뭔지 모를 빨간색과 하얀색과 갈색의 조합이었다. 가끔은 정체를 알 수 없는 고깃덩어리가 파스타 사이에 숨어 있기도 했다.

나는 아들 가이와 함께 외식할 형편이 못 되었기 때문에 제퍼슨 레스토랑의 불만 많은 단골손님이 될 수밖에 없었다.

포스트 가에 살던 어머니는 풀턴 가의 방 열네 개짜리 빅토리아식 저택으로 이사해 고딕풍의 묵직한 가구들로 집 안을 채웠다. 소파와 드문드문 놓인 의자의 커버는 포도주색 모헤어였다. 오리엔탈풍 러그가 곳곳에 깔렸다. 집 안을 청소하고 가끔 요리도 돕는 입주 도우미도 있었다.

어머니는 일주일에 두 번 가이를 데려가서 복숭아와 크림 과자와 핫도그를 먹였지만, 나는 약속했을 때에만 어머니 집에 갔다.

어머니는 나의 독립심을 이해하고 격려했다. 우리 둘 사이에는 정해진 날이 있었고, 나는 그날을 손꼽아 기다렸다. 어머니가 한 달에 한 번, 내가 좋아하는 음식을 만들어주는 날이 되어야 나는 그 집에 갈 수 있었다. 그중에서도 어느 날의 점심이

아직도 기억에 생생하다. 내가 어머니의 '레드라이스데이'라고
이름 붙인 날이다.

그날 어머니 집에 도착했더니 어머니는 예쁜 옷을 입고, 완
벽하게 화장을 하고, 고급 액세서리를 하고 있었다.

나는 어머니와 포옹한 다음 손을 씻고, 어두컴컴하고 격식을
갖춘 거실을 지나 넓고 환한 부엌으로 들어섰다. 점심이 거의
차려져 있었다. 어머니는 맛있는 요리에 관한 한 아주 철저한
사람이었다.

그 오래전 레드라이스데이 때 어머니가 준비한 음식은 드레
싱이나 그레이비소스 없이 바삭바삭하게 구운 수탉과 토마토
나 오이를 넣지 않고 상추로만 만든 샐러드였다. 그리고 대형
접시로 덮은 사발이 어머니 접시 옆에 놓여 있었다.

어머니는 짧지만 열렬하게 감사의 기도를 올린 다음 왼손으
론 대형 접시를, 오른손으론 사발을 잡았다. 어머니가 접시를
뒤집어 열고 사발을 살짝 기울이자, 잘게 다진 파슬리와 초록
색 부추 줄기로 장식한 빨간 쌀밥이 수북하게 쌓여 반짝이는
게 보였다. 내가 세상에서 제일 좋아하는 음식이었다.

닭고기와 셀러드는 내 미뢰에 선명한 기억을 남기지 않았지

만, 빨간 쌀밥은 한 알, 한 알 내 혀에 각인되었다.

가장 좋아하는 음식의 유혹에 빠져 왕성한 식욕을 보이는 사람에게 '게걸스럽다'거나 '걸신들렸다'고 표현하는 것은 너무 가혹한 처사다.

밥을 두 그릇이나 먹었더니 배가 불렀다. 그럼에도 어찌나 맛있던지 내 위가 두 그릇 더 먹을 수 있을 정도로 컸으면 좋겠다고 생각했을 정도였다.

어머니는 오후에 약속이 있었기 때문에 외투를 집어들고 나와 함께 밖으로 나섰다.

한 블록을 반쯤 지났을 때 필모어 가와 풀턴 가가 만나는 모퉁이의 피클 공장에서 풍겨오는 시큼한 식초 냄새가 코를 찔렀다. 그때 나는 앞장서서 걷고 있었다. 그런데 어머니가 "애" 하고 나를 불러 세웠다.

나는 어머니 옆으로 걸어갔다.

열

모로코가 준 선물

그때 나는 20세기에 살고 있었지만, 아라비아에 대해서라면 19세기식 환상을 품고 있었다. 칼리프*가 있고, 거세된 환관들이 있고, 아리따운 여자들이 긴 의자에 누워 금박을 입힌 거울 속을 들여다보는 하렘이 있고 하는 식으로 말이다.

모로코에 도착한 첫날 아침, 나는 내 상상 속 이미지와 어울리는 로맨틱한 분위기에 흠뻑 젖어보겠다고 단단히 결심하고 밖으로 나갔다.

서양식 옷차림을 한 여자들도 몇 명 보였지만, 나머지는 까

---

* 정치와 종교의 권력을 아울러 갖는 이슬림 교단의 지배자.

많고 큼지막한 베일을 쓰고 있었다. 빨간색 터키모자를 쓴 남자들은 하나같이 말끔한 미남이었다. 나는 폐품 처리장 쪽으로 걸어가다 냉혹한 현실과 마주하기 전에 길을 건너기로 마음먹었다. 그때 누군가가 부르는 소리에 고개를 돌렸다. 천막 세 개가 쳐져 있는 폐품 처리장에서 흑인 남자 몇 명이 나에게 손짓을 하고 있었다. 그제야 깨달은 사실이지만, 그때까지 내가 만났고 앞으로도 종종 마주칠 모로코 사람들은 아프리카보다 스페인이나 멕시코 쪽 느낌에 가까웠다.

그들은 큰 소리로 고함을 지르면서 나에게 손짓했다. 모두 나이가 아주 많은 노인들이었다. 어른이 부르면 가야 한다고 배웠으니 가는 수밖에 없었다. 그러다 문득 내가 짧은 치마에 하이힐을 신고 있다는 게 생각났다. 스물다섯 살짜리 미국 아가씨에게는 나무랄 데 없는 복장이지만, 나이 많은 모로코 할아버지들과 어울리기에는 전혀 어울리지 않는 차림새였다.

나는 깡통, 깨진 병, 버려진 가구 사이를 헤치고 걸어갔다. 그런데 가까이 다가가자 할아버지들이 느닷없이 자리에 앉는 게 아닌가! 의자나 뭐 그런 게 없었으니 바닥에 털썩 주저앉았다는 표현이 더 적절할 것이다. 남부에서 자란 우리 할머니는 아무리 키가 커도 젊은 여자가 나이 많은 어르신들을 내려다보는 건 버릇없는 행동이라고 했다.

할아버지들이 구부정하게 앉기에 나도 따라서 구부정하게 앉았다. 댄서로 활동하던 시절이라 내 몸을 쉽게 구부릴 수 있었다.

할아버지들이 미소를 지으면서 알아들을 수 없는 말로 이야기를 건넸다. 내가 영어, 프랑스어, 스페인어로 대답했지만, 이번에는 할아버지들이 알아듣지 못했다. 그렇게 서로 미소만 짓고 있는데, 한 할아버지가 주위에 서서 호기심 어린 눈빛으로 나를 쳐다보고 있던 여자들에게 큰 소리로 뭐라고 말했다.

내가 그 여자들을 보고 빙긋 웃었더니 여자들도 빙긋 웃었다. 그런데 아무리 춤으로 단련된 몸이라 해도 오랫동안 구부정하게 앉아 있으려니 여간 불편한 게 아니었다.

내가 막 일어서서 인사하고 그 자리를 떠나려는데, 한 여자가 조그만 커피잔을 들고 나타나 나에게 권했다. 들여다보니 바닥에 벌레들이 기어 다니고 있었다. 할아버지들이 손가락을 퉁기면서 환호성을 질렀다. 나는 고개 숙여 인사하고 커피를 한 모금 홀짝이다 기절할 뻔했다. 바퀴벌레가 입속에 들어온

것이다. 하지만 사람들 앞에서 차마 그걸 뱉을 수는 없었다. 그
랬다가는 돌아가신 할머니가 무덤에서 일어나 그 자리로 날아
와 못마땅한 얼굴로 나를 쳐다볼 테니. 그것만큼은 감당할 수
없었다. 나는 목구멍을 열고 잔을 털어넣었다. 바퀴벌레는 모
두 네 마리였다.

나는 자리에서 일어나 모두에게 인사를 하고 걸어나왔다. 그
러고는 폐품 처리장을 완전히 빠져나올 때까지 참고 있다 제일
먼저 눈에 띈 벽을 붙잡고 속을 있는 대로 게워냈다. 이날의 일
은 아무한테도 이야기하지 않았다. 그저 한 달 동안 구역질에
시달렸을 뿐이다.

마르세유에서 공연할 때 나는 싸구려 하숙집에 묵었다. 그러
던 어느 날 아침, 너덜너덜한 〈리더스 다이제스트〉를 집어들고
책장을 넘기다 '사하라 주변의 초원 지대에서 남아프리카로 이
동하는 아프리카 부족들'이라는 기사를 봤다.

그 기사에 따르면, 말리나 차드나 니제르나 나이지리아 등
아프리카 여러 나라에서 사하라를 건너 메카나 알제리아나 모
로코나 수단으로 가는 여러 부족들은 현금을 거의 가지고 다니
지 않는 대신 물물교환으로 살아간다고 했다. 그런데 물물교환

을 하되 얼마 안 되는 돈은 건포도를 사는 데 쓴다고 했다. 손
님을 대접할 때 공경하는 의미에서 커피잔에 세 개에서 다섯
개의 건포도를 넣기 때문이었다.

그 기사를 읽는 순간, 나는 모로코의 할아버지들 앞에 엎드
려 용서를 빌고 싶었다. 그들은 나를 대접하려고 그 비싼 건포
도를 커피잔에 넣어준 것이었다.

그때 나의 행동을 보고 할머니가 얼마나 기뻐했을까 생각하
니 하느님께 어찌나 감사하던지.

그때부터 평생에 걸친 훈련이 시작되었다. 사람들이 먹는 거
라면, 내가 자라온 환경 때문에 지독하게 혐오하는 음식이 아
니라면, 겉보기에 멀쩡하다면, 그 음식에 내가
알레르기가 없다면, 어떤 음식이건

사람들과 한자리에 앉아 입맛을 다셔가며 열심히 먹는 훈련 말이다.

　P. S. 내가 이걸 평생에 걸친 훈련이라고 말한 이유는 아직까지도 완벽하게 익히지 못해 여전히 종종 시험에 들기 때문이다. 남들보다 특별히 까다로운 편도 아닌데, 한심하게 F학점을 받을 때도 있다. 하지만 그럭저럭 합격점을 받을 때가 더 많다. 비결은 간단하다. 한 달 동안 나를 구역질에 시달리게 했던 아무 죄 없는 건포도 네 알과 할머니만 떠올리면 된다.

오늘 나는 축복받은 사람

조지 거슈윈과 아이러 거슈윈이 작곡한 오페라 〈포기와 베스〉는 유럽 순회공연에서 계속 관객들을 끌어모으고 있었다. 내가 맡은 생기발랄한 역할은 여전히 매력적이었지만, 나는 순회공연을 접고 캘리포니아의 샌프란시스코로 돌아가고 싶어 몸이 근질거렸다.

여덟 살배기 가이를 샌프란시스코에 사는 어머니와 이모에게 맡기고 순회공연에 합류한 터라 마음이 몹시 무거웠기 때문이다.

극단에서는 아들을 데리고 오면 출연료를 많이 올려주겠다고 했지만, 우리 극단에는 부모와 함께 다니는 아이가 이미 둘이나 있었고, 그 아이들의 행실을 내 아들에게 보여주거나 본받게 하고 싶지 않았다. 나는 주인공 '루비' 역을 맡고 있었다. 출연료의 상당 부분을 집으로 보내고 있었지만, 그 정도로는 부족하다는 죄책감에 시달리고 있었기 때문에 돈을 아끼려고 하숙집이나 유스호스텔, 민박을 전전하고 있었다. 극단 공연이 끝나면 나이트클럽에서 아르바이트 삼아 블루스를 불렀고, 낮에는 학생들이 있는 곳이라면 어디든 달려가 춤을 가르치고 그 수입까지 어머니한테 부쳤다.

그런데 입맛이 떨어지고, 살이 빠지고, 모든 것에 흥미가 사라지기 시작했다. 내 아들이 있는 집으로 돌아가고 싶었다. 극단에서는 유럽까지 대역을 부르는 비용과 내가 귀국하는 데 드는 비용을 나보고 부담하라고 했다. 나는 아르바이트를 두 군데 더 늘리고, 전문 댄서와 이제 막 걷기 시작한 아이들에게 춤을 가르쳤다.

마침내 돈이 마련되었고, 나는 이탈리아 나폴리에서 뉴욕행 배에 오를 수 있었다. 배를 선택한 이유는, 만약 비행기를 탔다 사고가 나면 내 아들이 "우리 엄마는 내가 여덟 살 때 돌아가셨어. 배우였는데" 하

며 슬퍼할 일만 남기 때문이었다. 나는 샌프란시스코로 돌아가 아들에게 내가 배우 그 이상임을 보여줘야 했다.

배는 구 일 뒤 뉴욕에 도착했고, 나는 다시 열차를 타고 삼 일 밤낮을 달려 샌프란시스코에 도착했다. 아들을 다시 보게 되었을 때 어찌나 가슴이 뭉클하던지. 솔직하게 고백하자면 반 응이 조금 지나쳤을지도 모른다. 나는 분명 아들을 사랑했다. 하지만 지나친 집착으로 아들을 숨 막히게 할 정도로 끔찍하게 사랑하기보다, 그애가 최대한 자유롭고 남자답고 행복하게 자 랄 수 있을 정도로만 사랑한다는 게 얼마나 큰 축복인지 알고 있었다.

나는 언덕 꼭대기에 있는 우리 어머니의 대저택 제일 위층에 서 일주일을 지냈다. 그러고 나니 다시 걱정이 되기 시작 했다. 인종차별이 존재하는 세상에서 흑인 아이를 행복 하고 책임감 있고 자유롭게 키우기란 불가 능한 정도는 아니어도 쉽지 않은 일이었다. 위층 소파에 누워 있는데 가이가 들어왔다.

"엄마."

가이를 보는데, 불현

듯 그애를 안고 창밖으로 뛰어내리면 어떨까 하는 생각이 들었다. 나는 큰 소리로 말했다.

"나가. 당장 나가. 지금 당장 밖으로 나가. 마당으로 가서 엄마가 불러도 절대 들어오지 마."

나는 콜택시를 불러놓고, 계단을 내려가 가이에게 말했다.

"이제 집 안으로 들어가서 엄마가 돌아올 때까지 거기 가만히 있어."

나는 택시 기사에게 랭글리 포터 정신병원으로 가자고 했다. 병원으로 들어갔더니 안내데스크 직원이 예약을 했느냐고 물었다.

"아뇨."

그러자 그녀가 안타까워하는 표정으로 말했다.

"예약이 안 돼 있으면 진찰을 받을 수가 없는데요."

"아무한테라도 당장 진찰을 받아야 해요. 안 그러면 나도 다치고, 어쩌면 다른 사람도 다칠지 몰라요."

안내데스크 직원이 수화기에 대고 다급한 목소리로 뭐라 하더니 나에게 말했다.

"샐시 선생님 방으로 가세요. 복도를 따라가다 오른쪽, C라고 적힌 방이에요."

C라고 적힌 방문을 여는 순간 희망이 무너졌다. 책상 저편에는 젊은 백인 남자가 앉아 있었다. 그는 고급 양복과 버튼다운 셔츠를 입고 있었고, 자신 있고 차분한 표정이었다. 그는 나에게 책상 앞 의자에 앉으라고 했다. 의자에 앉아서 다시 한번 그를 쳐다보다 나는 그만 울음을 터트렸다. 득권층에 속하는 이 젊은 백인 남자가 어린 흑인 아들을 남의 손에 맡겼다는 죄책감 때문에 괴로워하는 흑인 여자의 심정을 무슨 수로 이해한단 말인가? 고개를 들고 그를 쳐다볼 때마다 눈물이 두 뺨 위로 흘러내렸다. 그때마다 그는 왜 그러느냐고, 어떻게 해드리면 되겠느냐고 물었다. 나는 어찌할 수 없는 내 상황 때문에 미칠 것 같았다. 마침내 나는 마음을 가라앉히고 자리에서 일어나 고맙다고 인사하고 밖으로 나왔다. 안내데스크 직원에게도 고맙다고 인사하고 콜택시를 불러달라고 했다.

나는 성악을 가르쳐준 선생님 겸 멘토를 찾아갔다. 그는 내가 유일하게 마음을 터놓고 이야기할 수 있는 상대였다. 계단을 올라가 프레더릭 월커슨 연습실로 들어가보니 한 학생이 연습하는 소리가 들렸다. 월키라고 불리던 선생님은 나더러 방에 들어가 있으라고 했다.

"마실 거 한잔 주마."

그는 학생을 내버려둔 채 스카치를 한 잔 들고 왔고, 그 당시 술을 마시지 않던 나였지만 단숨에 잔을 비웠다. 그리고 술기운에 잠이 들었다. 눈을 떠보니 연습실에 도착했을 때 들렸던 목소리는 더이상 들리지 않았다.

"무슨 일이냐?" 선생님이 물었다.

나는 아무래도 내가 미쳐가고 있는 것 같다고 대답했다. 선생님은 그럴 리 있느냐면서 다시 물었다.

"무슨 일이냐니까?"

나는 내 말을 무시하는 선생님에게 화가 났다.

"오늘 자살하고 가이도 죽일 생각을 했어요. 제가 미쳐가고 있다니까요."

"이 테이블로 와서 앉거라. 여기 공책이랑 볼펜이 있으니 네가 어떤 축복을 받았는지 적어봐." 선생님이 말했다.

"선생님, 그런 이야기는 하고 싶지 않아요. 저는 지금 미쳐가고 있다니까요!"

"그럼 일단 내가 적으라는 대로 적어보렴. 이 세상에는 교향

곡도, 자기 아이의 울음소리도 듣지 못하는 사람들이 수도 없이 많지. 그러니 이렇게 적어라. 나는 들을 수 있다. 하느님, 감사합니다. 그다음, 네 눈에는 이 공책이 보이지? 하지만 이 세상에는 폭포도, 꽃이 피는 것도, 연인의 얼굴도 볼 수 없는 사람들이 수없이 많아. 그러니 이렇게 적어라. 나는 볼 수 있다. 하느님, 감사합니다 ㄱ다음에는 글을 읽을 수 있냐고 적어. 이 세상에는 오늘의 뉴스도, 고향에서 온 편지도, 번잡한 길거리에 달린 정지 신호도 못 읽는 사람들이 수없이 많거든……"

나는 선생님의 지시에 따랐다. 그러자 공책 첫 장의 마지막 줄에 다다랐을 때쯤 광기의 원인이 달아났다.

이것은 오십여 년 전에 있었던 일이다. 나는 지금까지 공책에 볼펜으로 스물다섯 권의 책과 오십 편쯤 되는 논설과 시와 희곡과 연설문을 썼다.

나는 뭘 쓰기로 마음먹으면 지금까지 들었던 칭찬은 모두 잊어버리고 마음이 불안해진다. 음, 이제 내가 아무것도 쓸 줄 모르고 글 솜씨도 형편없는 사기꾼인 게 만천하에 드러나겠군, 하는 생각이 들기 때문이다. 그렇게 거의 끝장났다 싶을 때 나는 새 공책을 꺼내 펼쳐본다. 그 깨끗한 면을 마주하고 있으면 내가 얼마나 축복받은 사람인지 새삼 깨닫게 된다.

내 인생이라는 배는 고요하고 잔잔한 바다를 항해하는 중일 수도 있고, 그렇지 않을 수도 있다. 앞으로 펼쳐질 내 존재의 날들이 밝고 환할 수도 있고, 그렇지 않을 수도 있다. 사나운 낮이건 화창한 낮이건, 유쾌한 밤이건 외로운 밤이건, 나는 감사하는 마음을 잃지 않는다. 계속 부정적으로만 생각하면 오늘을 즐기지 못한다.

오늘 나는 축복받은 사람이다.

낯선 사람과 친구 되는 법

밥 트레우하프트와 데카 미트퍼드는 내가 아는 사람들 가운데 가장 매력적인 커플이었다. 밥은 강철 같은 의지를 자랑하는 급진적인 변호사지만, 흑표범당* 재판에서 승리했을 때 휴이 뉴턴**이 고마운 마음에 끌어안자 갈비뼈 세 대가 부러질 정도로 뼈가 약한 사람이었다.

데카는 『나으리와 반역자』라는 책을 통해 영국의 귀족 집안에서 태어나 공산주의자가 된 성장담을 공개한 작가였다. 그녀의 차기작 『미국식으로 죽는 법』은 미국의 장례 문화를 자극하

---

* 아프리카계 미국인의 인권 확보에 앞장섰던 아프리카계 미국인 단체.
** 흑표범당 공동 창당자.

고 바꾸어놓기도 했다.

스탠퍼드 대학교에서 강연 요청이 들어왔을 때, 나는 그 청을 수락하면서 밥과 데카를 만나려고 주말을 포함시켜 일정을 잡았다.

이들과 함께 지낸 첫날 밤, 밥이 한 달에 한 번, 테이블 두 개만 놓고 프랑스 음식을 내놓는 동네 레스토랑이 있다고 했다. 그러면서 음식이 워낙 훌륭하고 인기가 많기 때문에 두세 달 전에 미리 예약을 해야 된다고 했다.

데카가 사장인 브루스 마셜에게 전화를 걸어 뉴욕에서 온 절친한 작가 친구가 있다고 이야기해보면 안 되겠느냐고 밥에게

물었다. 밥은 미소를 지으며 통화를 마쳤고, 이렇게 해서 우리
는 예약을 할 수 있게 됐다.

접시보다 조금 넓을까 말까 한 테이블에 앉아 있는데, 사장
이 우리 테이블로 다가와서 나에게 말을 건넸다.

"선생님이 이 동네에 오셨다는 이야기를 듣고 저희 집사람이
너무 좋아했어요. 저희 집사람하고 아주 진한 친구 사이라고
들었습니다."

나는 고맙다고 인사를 전한 뒤, 내가 이 동네에 온 걸 어떻게
알았느냐고 물었다. 그는 밥 트레우하프트에게 들었다고 했다.
심지어 생김새까지 들었다고 했다.

나는 이번에는 그의 부인에 대해서 물었다. 그는 부인 이름
이 메릴린 마셜이라고 했다. 나는 머릿속으로 열심히 명단을
뒤졌다. 하지만 내가 아는 친구 중에 메릴린 마셜은 없었다.

그는 난처해하는 나를 보더니 웃음을 터트렸다.

"아, 물론 로스앤젤레스에서 선생님과 서로 알고 지냈을 때
는 우리 집사람 성이 그린이었죠."

내가 아는 사람 중에 성이 그린이고 로스앤젤레스에 사는 가
족이 있긴 했지만, 그 집 식구 중에는 메릴린이라는 이름이 없

었다. 그는 다시 웃음을 터트리더니 호주머니에서 지갑을 꺼냈다. 그러고는 지갑을 열어서 나에게 건넸다.

"여기 우리 집사람 사진이 있어요."

이름과 사는 곳은 달라질 수 있지만, 엄청난 성형수술을 받지 않는 이상 얼굴은 그대로이기 마련이다. 나는 얼른 사진을 들여다보았다. 난생처음 보는 사람이었다.

나는 빙그레 웃으면서 말했다.

"그러게요, 메릴린 마셜이네요. 아주 좋아 보여요."

브루스는 자랑스러워하는 신랑답게 우리를 보며 씩 웃었다.

식사를 마치고 나가려는데 브루스가 입구에서 붙잡았다.

"메릴린한테 전화가 왔는데 선생님이랑 통화를 하고 싶답니다."

목소리를 들으면 혹시 알 수 있을까 싶어, 나는 수화기에 귀를 바짝 댔다.

나는 "여보세요"라고 말했고 정말 실망했다. 내가 모르는 목소리였던 것이다.

"캘리포니아에는 어쩐 일이야? 온다고 진작 연락하지 그랬어. 좀 가까운 데 살았으면 지금 당장 레스토랑으로 달려가는 건데." 그녀가 말했다.

나는 얼른 대답했다. "아니야, 이미 식사 다 끝났어. 내일은 어때? 한시에 데카 미트퍼드와 밥 트레우하프트 집으로 점심 먹으러 와. 키시* 만들어놓을게."

"알았어."

네가에게 같이 있어날라고 했지만, 그녀는 "절대 안 된다"고 했다.

"둘이서 무슨 이야기를 하지?" 내가 물었다.

"키시 만들 거잖아. 그 이야기하면 되겠네." 데카가 말했다.

나는 키시를 오븐에 넣고, 앞으로 두 시간 동안 있을 일에 대해 열심히 상상해보았다.

정확히 한시에 초인종이 울렸고, 문을 열었더니 난생처음 보는 여자가 문 앞에 서 있었다. 그녀는 아담하고 예뻤고, 얼굴은 온통 놀란 표정이었다.

"안녕. 잘 지냈지?"

"그럼. 너도 잘 지냈지? 들어와."

------

* 치즈와 베이컨을 넣은 파이.

이렇게 해서 그녀가 집 안으로 들어왔다.

나는 키시가 다 됐다고 말했고, 그녀는 알았다고 했다. 자리에 앉긴 했지만, 둘 다 상대방이 누구이며 어떻게 해야 이 어색한 상황에서 벗어날 수 있을지 알 길이 없었다.

점심을 먹은 다음, 우리는 키시 만드는 법을 놓고 기나긴 대화를 나누었다. 그러고는 포도주를 들고 거실로 자리를 옮겼다.

"내가 타호에서 누구를 만났게?" 메릴린이 물었다.

나는 모르겠다고 대답했다.

"찰스 체스넛. 근데 날 못 알아보는 눈치더라."

그녀는 내가 그 이름을 알 확률과 모를 확률이 반반이라고 생각하고 있었다. 나는 그만한 용기가 없었기 때문에 그저 묵묵히 듣고만 있었다.

메릴린이 이야기를 계속했다.

"말을 걸었더니 누구냐는 듯 계속 쳐다보잖아. 난 속으로 나쁜 놈이라고 생각했지. 그애가 선거에 나왔을 때 나하고 너하고 얼마나 열심히 도와줬니?"

이번에도 나는 묵묵히 듣고만 있었다.

메릴린이 말을 이었다.

"내가 다가가서 말했지. 나를 모르는 척하는데, 루이스 메리 웨더 만나면 너 그때는 아주 끝장이야."

아하. 내 질문에 대한 대답이 거기 들어 있었다.

"메릴린, 이런 말 하기 정말 싫지만, 난 루이스 메리웨더가 아니에요."

그녀가 큰 소리로 외쳤다.

"그렇죠! 어쩐지. 어젯밤에 전화 통화할 때 들어보니 모르는 목소리더라고요!"

그녀는 거실 한가운데로 가서 섰다.

"그리고 아까 당신이 문을 열었을 때, 뭔가 극단적인 조치를 취한 게 아닌 이상 절대 루이스일 리가 없다는 생각이 들었죠."

"왜 내가 루이스일 거라고 생각했어요?" 내가 물었다.

"남편이 뉴욕에서 당신, 그러니까 루이스가 왔다고 밥 트레우하프트한테 들었다잖아요. 남편은 내가 당신, 그러니까 루이스를 얼마나 보고 싶어하는지 알거든요."

그녀가 말을 마치더니 다시 물었다.

"그런데 누구세요? 정말 궁금하네요."

"저는 마야 안젤루라고 하는데요."

"어머나, 맙소사. 저 갈게요. 죄송합니다."

"아니, 그러지 마세요. 이렇게 친구를 사귈 수도 있는 거잖아요. 이게 어떻게 된 일인지 같이 생각 좀 해보자고요."

"밥이 남편한테 전화해서 예약을 하고 싶다고 했대요. 뉴욕에서 아프리카계 미국인 친구가 자기 집으로 놀러왔다면서요."

브루스가 물었다. "그 친구분, 키가 큰가?"

"180센티미터." 밥이 대답했다.

루이스 메리웨더도 키가 180센티미터에 흑인이었고, 작가였다.

브루스가 말했다. "그럼 우리 집사람이랑 절친한 친군데."

뉴욕에는 키가 180센티미터인 흑인 여자 작가가 한 명밖에 없는 모양이었다.

메릴린과 나는 뭐든 아는 척하는 남자들을 실컷 비웃었다. 그리고 생판 모르는 남과의 만남을 거의 성공리에 마무리 지은 우리 모습에 깔깔 웃었다.

메릴린은 심리학자 겸 작가였다. 그리고 딱 내 취향의 사람이었다. 똑똑하고 재미있고 뚝심 있는. 그녀와 나는 전혀 뜻밖의 계기로 친구가 되었다.

나의 사랑하는 오빠 베일리는 인생의 주도권을 놓고 헤로인을 상대로 전쟁을 선포한 상황이었다. 그 싸움은 여전히 격렬하게 진행 중이었고, 오빠는 진심으로 마약을 끊고 싶어했다. 나는 인근에서 가장 유명한 흑인 남자 심리학자 두 명의 도움을 받을 수 있도록 비용을 대겠다고 했지만, 오빠는 한사코 거절했다.

내가 메릴린 마셜 이야기를 꺼냈더니 오빠는 그녀가 쓴 책을 읽었다. 오빠다운 반응이었다. 그는 마약에 관계된 일이건 아니건 숙제는 꼬박꼬박 하는 사람이었다. 결국 오빠는 그녀를 만나보고 싶다고 했다.

메릴린에게 전후 사정을 이야기했더니 그녀는 환자가 아니라 친구의 오빠로서 만나겠다고 했다. 나는 브루스 마셜에게 전화를 걸어 오빠가 그의 레스토랑에서 점심과 저녁을 먹도록 손을 써놓았다. 오빠는 손님을 모시고 가서 음식값을 자기가 계산하려 할 것이다. 하지만 계산하는 사람은 따로 있었고, 그건 브루스와 메릴린과 나만 아는 비밀이었다. 오빠는 그 레스토랑을 애용했고, 이따금 메릴린 그린 마셜과 대화를 나누었다.

그렇게 일 년쯤 지났을 때 어느덧 오빠는 자기 인생의 주인이 되었다. 나는 우스꽝스러운 우연으로 만난 낯선 두 사람이 얼마나 고마웠는지 모른다. 낯선 사람의 내면에 새로운 친구가 기다리고 있을지도 모른다는 걸, 이번 일을 통해 배운 셈이었다.

열셋

빛나는 무대에 서서

장소와 시대를 초월해 모든 사람들에게 두루 사랑받는 예술 가들이 있다.

그런 가수와 음악가와 시인은 많다. 하프 연주에 능했던 구약성서의 다윗, 이야기꾼 이솝, 천막 만드는 사람 오마르 하이얌,* 에이번의 시인 셰익스피어, 뉴올리언스가 낳은 천재 루이 암스트롱, 이집트의 영혼 움 쿨툼,** 프랭크 시나트라, 마할리아 잭슨,*** 디지 길레스피,**** 레이 찰스……

---

* 페르시아의 시인, 수학자, 천문학자. 하이얌은 '천막 만드는 사람'이라는 뜻이다.
** 이집트의 가수.
*** 미국의 가스펠 가수.
**** 미국의 트럼펫 연주자, 작곡가.

숨이 차서 더이상 호명할 수 없을 때까지 이 명단은 계속 이어지겠지만, 쿠바의 위대한 가수 셀리아 크루스도 남녀노소 모두에게 사랑받는 예술가 중 한 명으로 언제나 기억될 것이다. 스페인어로 된 그녀의 노래는 인간에 대한 연민이 담겨 있어 묵직한 울림을 준다.

나는 1950년대 초에 셀리아 크루스의 음반을 처음 들었는데, 스페인어를 제법 하고 그녀의 음악을 사랑했음에도 불구하고, 우리말로 옮기는 일은 쉽지 않았다. 나는 셀리아 크루스에 관한 모든 자료를 수집했고, 열성적인 팬이 되려면 스페인어를 더 많이 알아야 한다는 사실을 깨닫고 열심히 공부했다.

나는 뉴욕에 사는 오빠의 도움을 받아 그녀의 음반과 그녀의 이름이 거론된 잡지를 모조리 수집했다. 스페인어 실력은 날이 갈수록 늘었다. 그 결과 몇 년 뒤 티토 푸엔테,* 윌리 보보,** 몽고 산타마리아***와 공연했을 때는 무대 위뿐 아니라 무대 뒤에서 그들과 대화할 때도 아무 문제 없을 정도였다.

---

* 미국의 유명한 라틴 재즈 뮤지션.
** 미국의 재즈 타악기 연주자.
*** 아프리카계 쿠바 출신의 라틴 재즈 타악기 연주자.

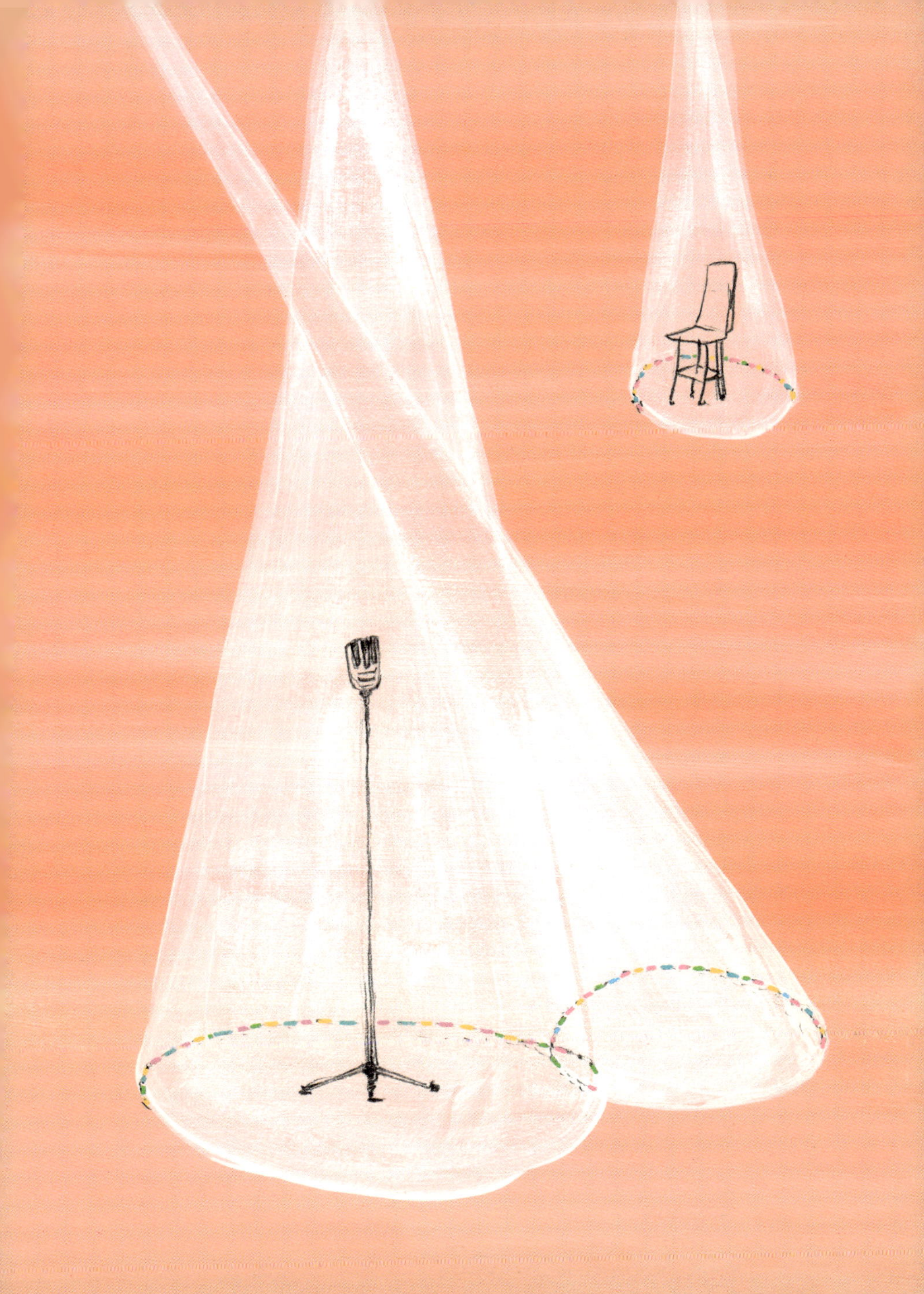

나는 일찌감치 가수로 나섰지만, 모자란 부분이 많았다. 그나마 무대에 설 수 있었던 것은 몸에 밴 흥겨운 리듬감 덕분이었다. 그 리듬감의 일부는 자라면서 익힌 것이었고, 나머지는 셀리아 크루스의 음반을 들으며 따라한 것이었다.

크루스가 미국으로 건너와 뉴욕의 어퍼 브로드웨이에 있는 한 극장에서 공연했을 때, 그녀의 공연이 있는 날이면 나는 하루도 빠짐없이 극장을 찾았다. 무대 위의 그녀는 폭발적이었고, 육감적이었고, 감동적일 정도로 대단한 존재였다. 그녀를 보면서 나는 무대에 오르면 내 안의 모든 것을 끌어내야 한다는 걸 배웠다. 덕분에 사십 몇 년이 지난 지금도 나는 음악 없이 시를 낭송하는 것만으로도 청중을 만족시킬 수 있다. 내가 무대 위에서 보이는 모습은 대부분 셀리아 크루스에게서 배운 것이다.

모든 위대한 예술가에게 영감을 주는 원천은 한 가지, 바로 사람의 마음이다. 이런 점에서 볼 때 우리는 다른 구석보다 닮은 구석이 더 많다.

시작은 작은 빛에 불과했으나

이런 이유에서 우리는 선거인 명부에 등록하고, 1등 시민이 되고자 하는 겁니다. 만약 자유민주당이 지금 의석을 확보하지 못하면 저는 미국에게 물을 겁니다. 이곳이 미국이 맞느냐고, 자유로운 사람들의 땅이자 용감한 사람들의 고향인 이곳에서 제대로 된 인간으로 살고 싶어한다는 이유로 날마다 생명의 위협을 느끼며 수화기를 내려놓고 잠을 자야 하느냐고 말입니다. 감사합니다.

—패니 루 해머

우리는 이것이 아프리카계 미국인 여성의 입에서 나온 말임을 명심해야 한다. 어느 미국인의 가슴에서 나온 말임을 반드시 기억해야 한다.

나는 미국인이라면 누구나 가슴속 가장 깊은 곳에서 위대한 나라의 국민이 되고 싶은 욕망이 들끓는다고 믿어 의심치 않는다. 누구나 세계 무대에 서서, 강자가 약자를 짓밟지 않고, 민주주의의 꿈이 강한 자들의 전유물이 아닌, 그런 고귀한 나라를 대변하고 싶어한다고 믿어 의심치 않는다.

우리는 사십여 년 전 패니 루 해머가 던진 질문에 귀 기울여야 한다. 미국인이라면 모두 그녀의 질문을 자문해보아야 한다.

나는 우리나라를 어떻게 생각하는가? 미합중국이라는 단어를 들으면 왜 내 어깨가 으쓱해지고 피가 끓는 것일까? 나는 우리나라를 충분히 찬양하고 있을까? 우리 동포를 충분히 칭송하고 있을까? 왜 나는 미합중국이라는 단어를 들으면 고개를 숙이고 시선을 피할까? 그리고 나는 그런 문제점을 해결하기 위해 무얼 하고 있을까? 나는 이 나라의 지도부와 다른 시민들에게 그런 실망스러운 점들을 이야기하고 있을까? 아니면 아무 상관 없는 사람처럼 꼿꼿하게 앉아서 바닥만 쳐다보고 있을까? 미국 시민의 한 사람으로서 우리는 주저 없이 반응해야 한다.

피라미드처럼 쌓인 그 유구한 세월 동안 우리는 질문과 대답을 거듭해왔다. 미국 구전 역사에서 없어서는 안 될 부분이 된 그 질문과 대답을 우리 아이들은 기억할 것이다.

패트릭 헨리*는 이렇게 말했다. "다른 사람들은 어떨지 몰라도, 나에게는 자유가 아니면 죽음을 달라."

노예로 태어났던 19세기 시인 조지 모지스 호턴은 이렇게 말했다. "아아, 내가 이것을 위해 태어났던가. 이 잔인한 쇠사슬을 차기 위해 태어났던가. 내 손목에 채워진 수갑을 끊어버리고 다시 인간으로 살리라."

과거와 현재만을 위한 인간이 되는 것은 생각만 해도 끔찍했다. 나는 희망이 있는 미래도 간절히 원했다. 행동하고 생각하고 말로 표현하겠다는 결심으로 인해, 자유로워지고 싶은 욕망이 눈을 떴다.

—프레더릭 더글러스

---

*아일랜드의 민족주의 지도자, 아일랜드 공화국 초대 대통령.

해리엇 터브먼*은 민주주의에 대한 애정 때문에 스스로 자유로워질 방법을 모색했을 뿐 아니라, 노예들이 살고 있는 남부를 숱하게 드나들며 수많은 노예들을 해방시켰고, 수많은 사람들의 가슴속에 자유로운 삶에 대한 생각을 심어주었다.

패니 루 해머와 미시시피 자유민주당은 역사의 어깨를 딛고 서서, 미국인들의 등에 당연하다는 듯 업혀 있던 악마를 끌어내렸다. 패니 루 해머를 기억하고, 생존해 있는 미시시피 자유민주당 당원들에게 경의를 표해 마땅하다. 우리는 그들이 준 선물에 감사의 뜻을 전한다.

인간의 마음은 워낙 섬세하고 예민해서 겉으로 드러나게 격려해주어야 지쳐 비틀거리는 것을 막을 수 있다. 그런가 하면 또 워낙 굳세고 튼튼해서 한번 격려를 받으면 분명하고 꾸준하게 그 박동을 계속한다.

인간의 마음을 격려하는 한 가지 방편이 음악이다. 오래전부터 우리는 들으면 기분이 좋아지고 힘이 될 만한 음악을 만들어왔다. 우리는 전 세계 사람들에게 용기를 심어주고 기운을

---

* 미국의 노예제 폐지론자. 남북전쟁 전 삼백여 명의 노예를 탈출시킨 전설적인 흑인 여성.

북돋울 만한 음악을 만들어왔다.

패니 루 해머는 자신이 이 세상에 단 한 명밖에 없는 여자임을 알고 있었다. 하지만 동시에 미국인이라는 것도 알고 있었기 때문에, 한 명의 미국인으로서 인종차별이라는 암흑 위로 밝은 빛을 비추었다. 그것은 작은 빛에 불과했지만, 무지라는 그늘을 정확하게 비추는 빛이었다.

패니 루 해머가 가장 좋아했던 노래는 우리 모두가 아는 쉬운 곡이다. 우리가 어렸을 때부터 즐겨 부르던 그 노래.

이 작은 나의 빛
비추게 할 테야.
빛내리.
빛내리.
빛내리.*

<hr>

* 복음성가 〈이 작은 나의 빛〉의 일부분.

교양에 관하여

사미아는 세네갈 출신의 유명한 배우로, 하늘하늘하고 매력적인 옷차림이 특징이었다. 나는 파리에서 그녀를 만났다. 사미아와 그녀의 프랑스인 남편 피에르는 값싼 포도주를 병째 마시며 니체에서부터 제임스 볼드윈에 이르기까지 주제와 대상을 가리지 않고 토론을 벌이는 지적인 예술인 모임의 회원이었다.

나는 파리의 그 모임에 자연스럽게 녹아들어갔다. 우리는 젊음과 재능과 똑똑한 머리가 우리 스스로 창조한 선물인 양 우쭐댔다.

사미아는 남편과 함께 세네갈의 수도인 다카르에서 일 년의 대부분을 지낸다며 고향집에 놀러오면 언제든지 환영이라고 했다. 몇 년 후, 정말로 세네갈을 여행할 기회가 생겼다. 예전에 받은 전화번호는 아직 그대로였다. 그들 부부는 나를 저녁 식사에 초대했다.

실내장식이 아름답게 꾸며진 거실로 들어서자 사람들의 웃음소리와 유리잔 속에서 얼음 조각이 찰랑이는 소리가 들렸다. 여러 피부색의 손님들이 섞여 있었다. 아프리카인들만큼이나 많은 유럽인들이 분위기가 무르익은 파티를 즐기고 있었다. 사미아는 문가에 있던 몇몇 사람들에게 나를 소개시키고 같이 이야기를 나누다 웨이터가 나에게 음료를 가져다주자 다른 자리로 옮겨 갔다.

나는 이 사람, 저 사람 사이를 돌아다녔다. 사미아의 모국어는 세레르어였지만 나는 세레르어를 몰랐고, 사람들이 쓰는 프랑스어는 세네갈 억양 때문에 알아듣기 어려웠다. 열린 문 안으로 들어가보니 사람들이 벽을 따라 서 있고, 방 한가운데 예쁜 오리엔탈 러그가 깔려 있었다.

내가 이집트에서 만난 사람 중에는 자신과 자기 가족과 친구들만 값비싼 러그를 밟을 수 있을 뿐 하인들에겐 밟지 못하게 하는 여자가 있었다. 사미아도 손님들에게 러그를 밟으면 점수

가 깎인다고 알린
모양이었다. 무슨 소
리로 손님들을 나무랐을
까? 나는 직접 알아보기로
했다.

나는 방 안으로 들어가서 벽
에 걸린 그림들을 자세히 들여다
보는 척하며 러그 한가운데를 밟
고 지나간 다음 다시 다른 작품 쪽으
로 걸어갔다. 아마 러그를 너덧 번쯤 밟았
을 것이다. 옆에 서 있던 손님들이 나를 보며 희
미하게 미소를 지었다. 내 덕분에 러그를 밟아도 된
다는 용기를 얻었을지도 모르는 일이었다.

하얀 비단옷을 입은 세네갈 여자가 나를 보고 빙그레 웃더니
말을 붙였다. 그녀는 작가였고 우리는 책 이야기를 시작했다.
어찌나 대화에 열중했던지 잠시 후 벌어진 광경을 거의 보지
못하고 지나칠 뻔했다. 하녀 두 명이 들어오더니 내가 밟은 러
그를 말아서 치우는 게 아닌가. 두 사람은 마찬가지로 아름다

운 러그를 들고 곧 다시 나타났다. 그러고는 러그를 펼친 다음 툭툭 두드려서 평평하게 만들었다.

그러고 나서 두 사람은 러그 위에 유리잔과 큼지막한 숟가락과 접어놓은 냅킨과 은그릇과 물병을 올려놓았다. 마지막으로 김이 모락모락 나는 밥과 닭고기가 담긴 그릇이 놓였다.

사미아와 피에르가 들어오더니 주목해달라는 뜻에서 손뼉을 쳤다. 사미아는 "미국에서 온 자매"를 위해 세네갈에서 가장 유명한 요리인 "야사"를 준비했다고 알렸다. 그런 다음 나를 향해 손짓하며 "마야 안젤루를 위해" 준비했다고 덧붙였다.

"이제 자리에 앉을까요?"

손님들이 모두 바닥에 앉았다. 나는 얼굴과 목이 화끈거렸다. 다행스럽게도 피부가 초콜릿색이라 부끄러워서 내 얼굴이 벌겋게 달아오른 것을 다른 사람들은 알아차리지 못했다. 똑똑하고 너무나도 고상한 마야 안젤루. 나는 식탁보를 위아래로 밟고 지나간 셈이었다.

바닥에 앉았지만, 음식이 넘어가질 않았다. 당황스러움에 목이 메어 음식이 겨우 넘어갔다.

풍습을 잘 모르는 곳에 가면 모험이나 충고나 훈계를 하지 않는 게 상책이다.

교양을 한마디로 요약하면 겸손한 태도다.

불멸의 은막

오래전 이야기이다. 할리우드에서 가장 왕성한 활동을 펼치고 명성이 높았던 감독 중 하나인 윌리엄 와일러를 기념하기 위해 미국영화연구소에서 자리를 마련한 적이 있다. 이사회 임원이었던 나에게도 기념식에 참석해달라는 초청장이 날아왔다. 간단한 소개를 부탁한다는 말도 곁들여 있었다. 나는 물론 초청을 흔쾌히 받아들였다.

으리으리한 센처리 플라자 호텔에서 열린 그 행사에는 가장 유명하고 근사한 당대 배우들이 대거 참석했다. 프레드 아스테어도 있었고, 오드리 헵번, 그레고리 펙도 있었다. 월터 피전, 그리어 가슨, 헨리 폰다, 찰턴 헤스턴도 객석에서 반짝반짝 빛을 뿜고 있었다. 나는 테이블에 앉아 벌벌 떨며 주위를 둘러보았다. 로맨스와 품격과 정의를 상징하는 얼굴들이 곳곳에서 눈에 띄었다. 은막에서 품위와 윤리와 미모와 기사도와 용기가 무엇인지 보여주었던 사람들이었다. 그 순간, 아칸소 주의 작은 마을에 있었던 흑백 분리 영화관이 퍼뜩 떠올랐다.

오빠와 나는 영화관에 갈 때마다 백인 어른들의 적의 어린 시선을 꿋꿋하게 견뎌야 했다. 매표소에서 표를 사더라도 엄지손가락이 가리키는 곳을 따라 흔들거리는 야외 계단을 올라가야 했다. 그곳을 따라 올라가면 흑인 관객들의 지정석인 발코니(닭장이라고 불렸다)가 나왔다. 그 비좁은 공간에서 턱을 무릎에 받치고 앉으면 바닥에 있는 사탕껍질이나 다른 쓰레기가 발에 밟혀 부스럭거렸다. 그곳에 앉아서 우리는 나중에 잘생기고 돈 많고 얼굴이 하얀 어른이 되면 어떻게 할지 궁리했다.

그로부터 오랜 시간이 흘렀고, 이제 나는 어느 호텔의 으리으리한 연회장에 앉아 영화배우들이 차례로 자리에서 일어나 와일러 감독을 추모하는 모습을 지켜보고 있었다. 옛 기억이 나를 남부의 치욕스럽던 시절로 이끌었다. 내 이름이 호명됐을 때에는 열심히 외워두었던 소갯글이 머릿속에서 깡그리 사라진 뒤였다. 마이크 앞에 서서 유명한 얼굴들을 쳐다보는 동안, 모르고 한 일이지만 그들이 나를 수치스럽게 만든 장본인이었다는 데 분노가 치밀었다. 분노 때문에 혀가 굳고 머리가 얼른 돌아가지 않았다. 나는 어마어마한 자제심을 발휘하고서야 "나는 당신들을 증오해. 모두 증오해. 영향력 있고 유명하고 건강하고 돈 많고 이 사회에서 인정받는 당신들을 증오해" 하고 고함치고 싶은 충동을 억누를 수 있었다. 아무래도 입을 열면 "나는 여러분을 사랑합니다. 왜냐하면 여러분이 가진 모든 것과 여러분의 모습 전부를 사랑하기 때문입니다"라는 진심이 불쑥 튀어나올까봐 겁이 났던 것 같다. 나는 유명인들을 관객으로 앉혀놓고 꿀 먹은 벙어리처럼 서 있었다. 그러다 몇 번을 시도한 끝에 몇 마디 중얼거리고 밖으로 나와버렸다.

마약 때문에 내가 멍해졌다는 소문이 떠돌았다. 나중에 그 괴로웠던 사건을 되새기다 아칸소가 나에게 무엇을 주었는지 다시금 깨달았다. 난 내가 나고 자란 곳을 절대 잊을 수 없다는 사실을 알게 되었다. 내 영혼은 항상 과거를 돌이키며 내가 넘은 산과 건너온 강과 저 길 아래에서 여전히 나를 기다리고 있는 역경들을 보고 경탄할 것이다. 그걸 알고 있기에 나는 기운을 낼 수 있다.

나를 사랑한다는 것

얼마 전에 내 단편소설을 드라마로 만들고 싶다는 네 명의 TV 프로듀서와 만났다.

늘 그렇듯 네 명 중 누가 제일 윗사람인지는 한눈에 알 수 있었다. 잘못 짚을 수가 없었다. 그녀는 체구가 작았는데, 툭하면 피식 웃었고, 목청이 높았다. 그리고 내가 하는 말마다 빈정거리며 대답했다. 그녀는 내가 시비를 걸 만큼 날카롭진 않았지만, 내 위치가 그녀의 밑이라는 걸 강조하기 위해 그런다는 걸 알아챌 수 있을 만큼 노골적이었다.

"이 레스토랑에서 만나니까 좋네요. 개인적으로 좋아하는 곳이거든요." 내가 말했다.

내 말에 그녀는 이렇게 받아쳤다. "전 몇 년 만에 와봤어요. 마지막으로 왔을 때 분위기가 너무 따분해서 무슨 할머니네 집에 온 것 같은 기분이 들었던 게 생각나네요." 그녀는 주변을 둘러보며 억지웃음을 짓더니 다시 입을 열었다. "그때랑 별로 달라진 게 없는 것 같네요."

그녀가 내 말에 세번째로 빈징거렸을 때 내가 물었다. "왜 그러세요?"

그녀는 아무것도 모르는 척 상냥한 목소리로 물었다.

"왜 그러느냐니 무슨 말씀이세요?"

"지금 나를 은근슬쩍 공격하고 있잖아요."

그녀는 웃음을 터트렸다.

"어머, 설마요. 선생님 생각이 틀릴 수도 있다는 걸 알려드렸을 뿐이에요. 그리고 전 말씨름하는 걸 좋아해요. 두뇌에 자극이 되거든요. 툭 까놓고 말씀드리면 그래요."

나는 무릎 위에 두 손을 얹어놓고, 턱을 가슴 쪽으로 잡아당겼다. 그러고는 곱게 대응하자고 속으로 다짐했다.

나는 그녀에게 물었다. "말씨름? 나를 정말 말씨름에 끌어들이고 싶은 건가요?"

그러자 그녀는 뻔뻔스럽게 대답했다. "예, 맞아요. 예, 맞아요. 예, 맞아요."

"난 싫어요. 우리가 이 자리에 모인 이유나 이야기합시다. 그쪽 회사에서 내 단편소설을 TV드라마로 만들고 싶다고 했죠? 거절해야겠네요. 싫습니다."

"아직 계약 조건도 말씀 안 드렸는데요."

"상관없어요. 그쪽에서 평화롭게 혹은 즐겁게 일할 환경을 제공하지 않을 게 뻔하니까. 그렇게 일을 하지 않을 테니 어떤 조건을 제시하더라도 거절할 수밖에 없겠네요."

나는 이런 말을 덧붙일까 생각했다.

"장담하건대 나 같은 사람을 적으로 만들고 싶진 않을걸요. 나는 위협을 당한다 싶으면 이기겠다는 각오로 싸우는 사람이

거든요. 내가 그쪽보다 서른 살이나 많고 다혈질로 유명하다는 건 까맣게 잊어버릴 정도로요. 싸움이 끝나고 내가 그쪽을 무찔렀다 싶으면, 내가 지금까지 겪은 모든 고통과 기쁨과 두려움과 영광을 상대도 못 가리고 까불어댄 여자 하나 이기는 데 썼다는 사실에 낭황스러워질 테고, 나는 그런 내가 마음에 들지 않겠죠. 반대로 그쪽이 나를 이기면 좌절감에 주변에 있는 물건들을 마구 집어던지기 시작할 거고요."

나는 폭력 사건에 가담하는 걸 자랑스러워한 적은 없다. 하지만 누구라도 필요하면 언제든지 자기방어를 할 수 있을 만큼은 준비가 되어 있어야 한다고 생각한다. 그러기 위해서는 자기 자신을 충분히 사랑해야 한다고도.

사랑해줘서 고마워요

나는 지난 몇 년 동안, 심지어는 지난 몇 개월 동안 사십 년 넘게 알고 지냈던 친구들과 가슴 아픈 작별을 했다. 인생의 가장 달콤하고 가장 쓰라린 교훈을 같이 배웠던 그 친구들이 그립다.

제임스 볼드윈과 알렉스 헤일리,* 그들과 함께 와자지껄하게 떠들고 소리 지르고 울고 웃으며 보냈던 그 주말들이 그립다. 베티 샤베즈**하고는 어느 정도로 가깝게 지냈느냐 하면 그녀를

---

* 제임스 볼드윈은 미국 흑인문학의 대표적인 작가. 알렉스 헤일리 역시 작가로 『뿌리』로 풀리처상을 받았다.
** 유명한 흑인 민권운동 지도자 맬컴 엑스의 아내.

위해 마지막으로 저녁을 만들어주었을 때 베티가 무슨 옷을 입고 있었는지 기억할 정도다. 톰 필링스*하고는 같이 책을 냈는데, 그가 그려준 내 어머니의 초상화가 내 방에 걸려 있다. 오시 데이비스**하고는 죽기 며칠 전에 이야기를 나누었는데, 부인인 루비 디와 워싱턴 DC에서 열리는 한 약혼식에 참석해야 하는데 못 가게 되었기에 내가 대신 가주기로 했었다.

그리고 얼마 전에는 친자매처럼 사랑했던 코레타 스코트 킹과 작별했다. 해마다 생일이 다가오면 나는 자연스레 마틴 루서 킹이 내 생일에 암살당했다는 사실을 떠올린다. 지난 삼십 년 동안 코레타 스코트 킹과 나는 매년 4월 4일이 되면 서로 꽃다발이나 카드를 주고받거나 전화 통화를 했다.

친구나 사랑하는 사람을 돌아올 수 없는 저세상으로 보내는 것은 너무나도 힘든 일이다. 〈죽음아, 네 독침은 어디에 있느냐?〉***는 장엄한 질문에 나는 "여기 내 심장에, 내 가슴에, 내 기억 속에 있다"고 대답한다.

---

* 미국의 화가, 일러스트레이터. 주로 흑인들의 삶을 작품으로 표현했다.
** 미국의 작가, 감독, 시인, 극작가, 사회운동가.
*** 헨델이 작곡한 〈메시아〉 3부에 나오는 이중창 제목.

고인들이 남기고 간 빈자리를 마주할 때면 나는 가슴 아픈 경외감에 휩싸인다. 그들은 어디로 갔을까? 지금 어디에 있을까? 시인 제임스 웰던 존슨이 말했던 것처럼 다들 "주의 품에서 쉬고" 있을까? 만약 그렇다면 내가 사랑했던 유대인과 일본인과 이슬람교도들은 어떻게 되었을까? 그들은 누구의 품에 안겨 있을까?

내가 모든 걸 알아야 하는 건 아니라고 인정한 다음에야 이런 질문에서 위안을 얻는다. 나는 내가 아는 것만으로도 충분하다고, 내가 알고 있는 것이 진실이 아닐 수도 있다고 되뇐다.

사랑하는 사람을 잃었다는 사실에 분노가 치밀어오를 때면, 떠난 사람에게서 무엇을 배웠고 앞으로 무얼 배워야 하는지 묻고 고민하는 데 집중해야 한다는 걸 가능한 한 빨리 기억하려고 한다. 그 사람이 남긴 유산 중에 어떤 것이 훌륭한 인생을 사는 데 도움이 될까 하고 말이다.

나는 좀더 다정해지고
좀더 참을성이 많아지고
좀더 너그러워지고

좀더 부드러워지고

좀더 웃음이 많아지고

솔직한 눈물을 좀더 쉽게 받아들이게 되었을까?

사랑하는 사람들이 남긴 유산을 받아들이면 나는 이렇게 말할 수 있으리라. 그들에게는 사랑해줘서 감사했다고, 하느님께는 그들을 보내주셔서 감사했다고.

위로의 말

　찰나의 순간에 우주의 베일이 걷히고, 수수께끼가 풀렸다. 여러 궁금증들이 별 뒤에서 해답을 만났다. 찌푸렸던 미간에서 주름이 사라지고, 오랫동안 물끄러미 바라보던 눈 위로 눈꺼풀이 덮였다.

　사랑하는 당신의 연인이 온 우주를 독차지했다. 당신은 아침이면 환한 햇살에 눈을 떴고, 달빛에 안겨 포근히 잠들었다. 온 생이 당신 앞에 펼쳐진 선물이었고, 당신을 위해 움트는 새싹이었다. 하프 소리에 맞춰 합창단이 노래했고, 조상 대대로 이어져 내려온 북소리에 맞춰 당신의 발이 움직였다. 당신은 당신의 연인을 떠받치고 그 연인의 두 팔은 당신을 떠받쳤기에.

지금 당신 앞에 사막처럼 메마르고 단조로운 나날들이 펼쳐
져 있다. 이 비통한 계절에는 당신을 사랑하는 우리가 당신 눈
에 보이지 않는다. 우리의 말은 당신을 감싼 허공만 괴롭히고,
당신은 우리 말에서 아무런 의미도 깨닫지 못한다.

그래도, 여기, 우리가 있다. 계속 여기 있다. 어떻게든 당신
에게 힘이 되고픈 가슴을 안고.

우리는 언제나 당신을 사랑한다.

당신은 혼자가 아니다.

내 삶의 닻을 내릴 곳

1970년대 초반 나는 윈스턴세일럼에 있는 웨이크포리스트 대학에서 강연 요청을 받은 적이 있다. 흑인과 백인을 모두 받기 시작한 지 얼마 안 된 학교였다.

나는 남편에게 재미있을 것 같다고 말했다. 건축업자였던 남편은 대규모 계약을 성사시킨 직후라 같이 갈 수 없었다. 나는 뉴욕에 사는 친한 친구 돌리 맥퍼슨에게 전화를 걸었다. 그녀는 워싱턴 DC에서 만나 같이 남부로 내려가자고 했다.

강연은 좋은 반응을 얻었고, 내가 건물을 빠져나가기도 전에 학생들이 다가와 같이 이야기를 나눌 수 있겠느냐고 물었다.

돌리와 함께 학생 휴게실로 가보니 소파, 의자, 스툴뿐 아니라 바닥에 베개까지 놓고 앉아 있는 학생들로 발 디딜 틈이 없었다. 학생들은 피부색에 따라 정확하게 나뉘어서, 흑인 학생들이 앞쪽에 앉아 있었다.

다들 거리낌 없이 자유롭게 질문을 던졌다. 어느 백인 남학생이 물었다.

"저는 열아홉 살이고 앞으로 어른이 되겠지만 엄격하게 말하면 아직은 아이잖아요. 그런데 저기 저 친구는," 그는 어느 흑인 학생을 손으로 가리켰다. "제가 아이라고 부르면 화를 내요. 저랑 동갑인데도 말이죠. 왜 그럴까요?"

나는 흑인 학생을 가리키며 말했다. "당사자가 저기 있는데, 직접 물어보지그래요?"

어느 흑인 여학생은 이렇게 말했다.

"저는 고등학교를 수석으로 졸업했어요. 우리말을 잘한다고요. 그런데 왜 저 친구들은," 그녀는 백인 학생들을 턱으로 가리켰다. "잘 알아들을 수도 없는 사투리를 제가 듣고 싶어한다고 생각하는지 모르겠어요."

내가 그 학생들이 어떤 식으로 이야기하느냐고 묻자 그녀가 흉내냈다. "이런 식이에요. '반갑다잉, 잘 지내제? 뭣 험서 지내냐이?'"

어찌나 과장해서 사투리를 흉내 내는지 모두들 웃음을 터트릴 정도였다.

"그 친구들이 저기 있는데, 직접 물어보지그래요?" 내가 말했다.

그들이 서로 말을 걸기 시작하자 내가 다리 역할을 했다는 걸 알 수 있었다. 이 학생들의 부모는 서로 동등한 위치에서 이야기를 나눌 수단이 없었는데, 지금 그들의 아이들은 서로 대화를 나눌 방법을 만들어내고 있었다.

내가 피곤한 몸으로 자리에서 일어서자 웨이크포리스트 대학 총장이 다가와 제안을 했다.

"안젤루 선생님, 혹시 은퇴하시거든 저희 학교로 와주십시오. 기쁜 마음으로 자리를 만들어드리겠습니다."

나는 정중하게 감사하다고 말했지만, 다시 남부에서 살 생각은 없었다.

다음 날 아침 돌리와 나는 식당에서 아침을 먹어도 넉넉할 정도로 일찍 공항에 도착했다. 우리는 어느 테이블로 안내되었고, 곧 주문을 했다. 그런데 삼십 분이 지나도록 음식이 나오지 않았다. 알고 보니 그 식당에서 흑인은 돌리와 나, 둘뿐이었다.

"유치장 신세 질 준비해. 우리한테 밥 안 팔겠다고 하면 여길 엎어버릴 생각이니까." 내가 돌리에게 말했다.

그녀가 차분하게 대답했다. "알았어."

나는 웨이트리스를 불렀다. 비쩍 마른 백인 아가씨였다.

"삼십 분 전에 친구는 치즈 오믈렛을 주문했고, 나는 베이컨 하고 계란을 주문했어요. 만약 우리한테 음식 팔 생각 없으면 그렇다고 말하고 경찰을 불러요."

그녀의 얼굴은 금세 걱정스러운 표정으로 바뀌었다. 그러더니 사근사근한 노스캐롤라이나 사투리로 대답했다.

"아니에요, 손님. 그게 아니라 옥수수 가루가 다 떨어져서요. 옥수수 가루가 없으면 음식을 만들 수가 없거든요. 보세요, 이쪽에 앉아 계신 분들 절반이 아직 식사가 안 나왔어요. 십 분 안에 옥수수 가루가 도착할 테니 얼른 준비해드릴게요."

나는 이 세상에서 둘도 없는 멍청이가 된 듯한 기분이 들었다. 얼굴이 달아올랐고, 목덜미가 화끈댔다. 나는 어물쩍 웨이트리스에게 사과했고, 돌리 맥퍼슨은 애써 웃음을 참으며 내 어리석은 행동에 대해 아무 말도 하지 않았다. 든든한 집과 든직한 남편 곁으로 돌아왔을 때 나는 누굴 만나기만 하면 학교와 학생들과 총장의 제안에 대해 이야기했다. 하지만 공항에서 있었던 일에 대해서는 입도 벙긋하지 않았다.

나의 남편 폴 뒤페는 건축업자이자 작가이자 영국의 유명한 만화가였다. 우리는 만난 지 이틀 만에 사랑에 빠졌고, 서로 평생을 함께해야 할 사이임을 알아차렸다.

우리는 십 년 동안 놀라움과 즐거움과 노여움과 격려를 주고받았다. 그런데 그 화창하던 사랑의 분위기에 생각지도 못했던 먹구름이 들이닥쳤다. 남편은 내 잔소리에 짜증을 냈고, 일부일처제에 싫증이 났다면서 좀더 짜릿한 자극이 필요하다고 솔직하게 고백했다.

나는 전국 순회강연을 시작하면서 남편과 헤어졌다. 남편의 사업 기반이 캘리포니아 북부였기 때문에 샌프란시스코와 그 도시의 다리와 언덕과 맛있는 음식점과 만에서 바라보는 아름다운 풍경도 그에게 선물하기로 했다.

모든 통과의례가 그렇듯 이혼을 하면 새로운 풍경과 리듬과 얼굴과 장소를 접하게 되는데, 때로는 인종 면에서도 그러하다.

나는 계약한 대로 전국 순회강연을 하는 동안 닻을 내릴 만한 안전하고 포근한 장소를 물색했다. 나는 작가이니 공책과 볼펜, 『랜덤하우스 사전』, 『로젯 동의어사전』, 『킹 제임스 성경』, 트럼프, 맛있는 셰리주 한 병만 있으면 어디서든 글을 쓸 수 있어야 했다. 콜로라도 주 덴버는 경치는 좋았지만 기후가 너무 쌀쌀했고, 흑인, 라틴아메리카계, 아메리카 원주민 들도 있기는 했지만 인종차별이 완전히 사라진 곳은 아니었다. 테네시 주 채터누가도 생각해보았지만, 아직도 남북전쟁을 끝내지 못하고 인구 대부분이 계속 적극적으로 남부 연합 편을 들고 있었다.

내가 다녀본 다른 도시들은 너무 크거나 아니면 너무 작고 고립되어 있었다. 매사추세츠 주 케임브리지는 역사, 대학, 인종 혼합, 훌륭한 서점, 교회, 토요일 밤이면 파티를 벌일 수 있을 만한 장소 등 내가 바라던 모든 조건을 갖추고 있는 듯했다. 케임브리지에 버금가는 조건을 모두 갖추고 있는 곳은 노스캐롤라이나 주의 윈스턴세일럼뿐이었다. 나는 두 도시를 두 번씩 방문했다.

결국 내가 포기한 곳은 케임브리지였다. 나로 말할 것 같으면 눈을 고상하게 맞을 수 없는 남부 여자인데, 케임브리지는

해마다 내가 감당할 만한 수준 이상의 눈이 내리는 곳이었다.

윈스턴세일럼에 둥지를 틀자 웨이크포리스트 대학 교무처장인 에드 윌슨 박사와 십 년 전에 자리를 마련해주겠다고 했던 톰 멀린 박사가 나를 찾아와 종신직인 레이놀즈 교수직을 제안했다. 나는 감사의 뜻을 전하고, 교수생활과 윈스턴세일럼 생활이 내 적성에 맞는지 일 년 동안 알아보겠다고 했다.

교편을 잡은 지 삼 개월이 지났을 때 나는 엄청난 사실을 발견했다. 나는 학생들을 가르치는 작가가 아니라 글을 쓰는 선생님이었던 것이다.

나는 예전에 노스캐롤라이나를 방문했을 때 영문학과장인 엘리자베스 필립스를 비롯해 다른 교수들과 안면을 익혀놓은 상태였다. 그래서 저녁식사나 점심식사를 마치고 남는 시간에 궁금했던 부분들을 그들에게 물었다. 인종차별에 대해 어떻게 생각하는지. 정말 백인에 비해 흑인이 열등하다고 생각하는지. 흑인은 전염병을 가지고 태어나기 때문에 버스 옆자리에 앉아도 위험하다면서 어떻게 그들에게 밥상을 차리게 하고 심지어 아이들에게 젖을 먹이는 것은 괜찮다고 하는지.

고맙게도 새로운 직장동료들은 조금은 당황스러워하고 조금은 뉘우치면서 솔직하고 정직하게 대답해주었다.

"솔직히 그 부분에 대해서는 고민해본 적이 없어요. 예전에도 그랬으니까 앞으로도 그렇겠거니 싶었죠."

"그 부분에 대해서 고민해본 적은 있지만, 내가 상황을 바꿀 방법이 있을까, 그렇게 생각했죠."

"흑인 청소년들이 그린즈버러의 할인점 계산대에서 연좌농성을 벌였을 때 뿌듯하더군요. 나도 흑인이어서 동참할 수 있었으면 좋겠다고 생각했던 기억이 나요."

마음에 들고 안 들고를 떠나서, 솔직히 나는 어쩔 수 없다고 생각했던 동료들을 이해하는 수밖에 없었다. 그들의 대답을 듣자 인간의 덕목 중에서 가장 중요한 것이 용기라는 믿음이 더욱 분명해졌다. 만약 인종차별 정책이 있던 시절에 백인으로 태어났다면 나도 쉬운 길을 택했을 것이다.

윈스턴세일럼에서 느긋하게 지내는 동안 나는 조금씩 치유되기 시작했다. 굽이굽이 이어지는 풍경은 꽃이 만발한 충충나무와 박태기나무, 백일홍, 키 180센티미터짜리 만병초 들로 가득했다. 그런가 하면 너비가 120센티미터에 달하는 여러 색의 야생 진달래를 곳곳에서 볼 수 있었다.

피드몬트 고원에 자리 잡은 윈스턴세일럼은 사실상 산기슭에 있는 도시다. 그 도시를 그레이트스모키와 블루리지 산맥이 굽어본다. 나는 노스캐롤라이나 특유의 유머 감각이 좋다. 그곳 토박이들은 노스캐롤라이나를 가리켜 비천한 산골짝이라고 부른다. 콧대 높은 버지니아와 사우스캐롤라이나가 위아래에서 처다보고 있기 때문이다

나는 그곳에 괜찮은 박물관, 훌륭한 교회와 거기에 걸맞은 성가대, 브로드웨이 연극계의 여러 스타와 뉴욕 심포니의 바이올리니스트를 배출한 바 있는 최고 수준의 예술학교가 있어서 행복했다.

노래처럼 들리는 그 지방의 사투리와 독특한 표현도 마음에 들었다. 슈퍼마켓에 갔을 때 계산대 점원이 나더러 윈스턴세일럼이 마음에 드느냐고 물은 적이 있다. 나는 이렇게 대답했다.

"다 좋은데 너무 더워요. 견딜 수 있을지 모르겠네요."

그러자 점원은 계속 계산을 하면서 이렇게 대답했다.

"그렇죠, 안젤루 선생님. 하지만 왔나 하다보면 갔나 하게 돼요."

내가 다녔던 시온산 감리교회는 성가대가 훌륭하고 목사님

이 열성적이었다. 그 근처에는 이 도시에서 가장 큰 병원과 실습 병원이 있었다. 동료 교수 중 한 명은 에밀리 디킨슨이 관심사였고, 다른 한 명은 18세기와 19세기 유럽 시가 관심사였으니, 내가 가장 좋아하는 화제인 시를 놓고 언제든지 친구들과 이야기를 나눌 수 있었다.

물론 윈스턴세일럼도 다 좋기만 한 건 아니었다. 웃는 얼굴 뒤로 여전히 인종차별이 존재하고, 여자를 가리켜 예쁜 그릇이라고 표현하는 부류들이 여전히 존재했다. 이제는 이 세상에 없는 친구 존 O. 킬런스는 이렇게 말한 적이 있다. "조지아 주 메이컨은 저 아래의 남부이고, 뉴욕은 저 위의 남부다."

어디에 살든 한심하게 무식한 측면은 있기 마련이다.

19세기와 20세기에 활약했고 지금은 고인이 된 아프리카계 미국인 시인 앤 스펜서는 버지니아를 사랑했고, 로버트 브라우닝*을 사랑했다. 그래서 그녀는 이런 시를 썼다.

평생 몰랐으니 브라우닝은 딱하기도 하지……

---

* 영국 빅토리아 시대를 대표하는 시인.

해마다 봄이 찾아오면 버지니아는 천국이 되건만.

버지니아는 정말 그럴지 모르겠다. 내가 알기론 노스캐롤라
이나, 그중에도 특히 윈스턴세일럼은 정말 그렇다.

밝은 내일을 기대하며

지난 사십 년 동안 이 나라의 국민정신과 당연한 즐거움이 점점 사그라지고 있다. 국민의 기대치도 줄어들었다. 미래에 대한 희망도 사라져, 밝은 미래를 기대한다고 말하면 비웃음과 콧방귀와 더불어 미친 사람 취급당하는 지경에 이르렀다.

우리가 어쩌다 뒤늦게 홀로 이런 상황에 처한 걸까? 언제부터 천박한 비난과 터무니없는 추측으로 이 땅을 어지럽히는 사람들에게 밀려 도덕성에 대한 희망을 포기하게 된 걸까?

우리는 유럽에서 아리아인들이 한 인종을 몰살하겠다고 협박했을 때 전쟁을 치러 그런 협박을 근절시킨 국민이 아닌가. 더 나은 세상을 만들기 위해 노력하고, 기도하고, 계획했던 국민이 아닌가. 우리나라에서 합법적으로 자행되던 인종차별을 없애기 위해 투쟁하고, 행진하고, 철창신세를 졌던 국민이 아닌가. 자유가 양심이고 존엄성이 목표인 나라를 꿈꾸었던 국민이 아닌가.

우리의 지도자가 되려는 사람들은 대중의 진정한 소망을 파악해야 한다. 우리는 증오심으로 이글거리는 건물이나 아집으로 가득 찬 시스템 속으로 끌려들어갈 수 없다. 정치인들이 기준을 높게 잡아야 우리가 민주당원이건, 공화당원이건, 무소속이건 각자의 소신대로 따를 수 있다. 계속 그렇게 남부끄러운 진흙탕 속에서 헤엄칠 생각이라면 정치인들 혼자 헤엄쳐야 할 것이다.

천박한 문화를 묵인하면 무지의 무게를 이기지 못해 우리의 미래가 흔들리고 무너진다. 그래서는 안 된다. 우리에게는 미래를 용감하게 직면할 수 있는 현명한 머리와 용기가 있다. 지금 우리가 몸담고 있는 이 시대, 이 공간에 대해 책임을 지자. 선조를 공경하고 후손들에게 걱정거리를 물려주지 않으려면 예의 바르고 용감하며 선한 미국인이 되어야 한다.

지금 당장.

다시 남부의 뿌리를 찾아서

몇 세대 동안 이어진 인종차별과 몇 십 년 동안 이어진 망각의 기간을 거치다보니 우리는 남부라고 하면 으레 고통과 기쁨이 뒤엉킨 오래전 기억을 떠올린다. 20세기 초에 수많은 아프리카계 미국인들은 남부, 그 편견과 금기의 땅을 등지고 북쪽으로는 시카고와 뉴욕, 서쪽으로는 로스앤젤레스와 샌디에이고로 떠났다.

이들을 이끈 것은 더 나은 삶과 평등, 정정당당한 경쟁, 어디에 내놓아도 손색이 없는 미국식 자유를 약속하는 가슴 설레는 미래였다. 이들의 기대감은 바로 충족되었지만, 그와 동시에 곤두박질하면서 실망스럽게도 산산조각 났다.

성취감의 근원은 소작이라는 지루한 고역 대신 노사 간 협약의 보호 아래 일할 수 있다는 사실이었다. 그런데 안타깝게도 지난 삼십 년 동안 일터가 전산화되고 공장이 해외로 이전하면서 이런 일자리가 점점 줄어들었다. 이주민들이 인종에 따른 편견에서 자유로울 것이라고 기대했던 곳의 분위기는 알고 보니 남부의 관행과는 다르게, 어쩌면 그보다 더 굴욕적인 방식으로 차별적이었다.

고도의 기술과 완벽한 교육을 자랑하는 소수의 흑인들은 성공의 사다리를 발견했고, 거기에 매달렸다. 하지만 기술도 없고 교육도 받지 못한 흑인 노동자들은 먹을 수 없는 수박씨처럼 시스템에 의해 내뱉어졌다.

이들의 삶은 극도로 축소되고, 자아는 보잘것없어지기 시작했다. 20세기 초의 이주민들은 남부의 솔직한 분위기를 분명 그리워했을 것이다. 그곳에서는 증오 세력의 표적이 되었을지언정 적어도 살아 있다는 기분은 느낄 수 있었다. 겉으로는 웃으면서 통 크게 받아들이는 척하지만 속으로는 자신들을 완전히 거부하는 북부의 백인들 때문에 이주민들은 지쳤고 분노했다.

하지만 이들은 남아서 대도시의 판잣집에 머물고, 손바닥만

한 아파트를 메우고, 금세 범죄의 온상지로 전락하는 누추한 거리를 채웠다. 이들이 키운 아이들은 해마다 여름방학이면 남부로 내려가서 할아버지, 할머니와 팔촌과 십촌과 먼 친척 들을 만났다. 주로 북부의 대도시에서 자란 이 아이들에게 남부의 여름과 생선 튀김과 토요일 바비큐 파티와 부드러운 훈육에 대한 기억은 사라지고 없다. 그런데 이 아이들이 남부에서 살 생각으로 돌아오고 있다. 남부에 살던 친척들은 세상을 떠났거나 디트로이트나 오하이오 주의 클리블랜드로 떠났다. 그런데도 사람들이 "핫 랜타에 와보니까 어때요, 좋은가요?"라고 묻는 애틀랜타로 이사하고, 뉴올리언스로 내려와 이 역사적인 도시를 '놀린스'라는 올바른 이름으로 부르는 것을 금세 터득한다.*

이들은 선대의 고향에서 기반을 잡거나 마련하기 위해 남부로 돌아온다. 이들은 선조들이 몇 십 년 전에 등진 나무 그늘 아래에서 서로 친분을 쌓는다.

그런 사람들 대다수가 행복하게 지내는데, 그 이유를 설명하

---

* 미국 남부에서는 특유의 사투리를 써서 애틀랜타는 핫 랜타, 뉴올리언스는 놀린스에 가깝게 발음한다.

지 못한다. 내가 보기에는 다들 그저 자긍심을 느끼는 게 아닌가 싶다. 남부라고 하면 넉넉하고 푸근한 사랑에서부터 잔인하고 격렬한 증오에 이르기까지 이미지가 다양하지만, 어느 누구도 남부를 가리켜 옹졸하거나 무관심하다고는 말하지 못한다. 아칸소 주 스탬스라는 조그만 마을에서도 흑인들은 이런 분위기를 풍기며 걸어간다.

"내가 어디 들어가면 사람들이 나를 좋아할 수도 있고 싫어할 수도 있어. 하지만, 적어도 내가 그 자리에 있다는 걸 모르는 사람은 없지."

견디는 것에 관하여

실망의 바람이

내 꿈의 집을 무너뜨리고

문어 같은 분노가 그 촉수로 내 영혼을 덮으면

나는 그저 멈춘다. 가던 길을 멈추고

나를 치유할 수 있는

한 가지를 찾는다.

내 기억 속에서

기분 좋게 놀란 얼굴로

사고 싶은 장난감을 쳐다보는

한 아이의 얼굴

한 아이의 얼굴

희망과 기대가 두 눈 가득한

어느 아이의 얼굴을 찾는다.

어리고 순수해서 사랑스러운

한 얼굴을 물끄러미 바라보고 있다는 걸 깨닫는 그 순간

나는 우울과 절망에서 빠져나와 희망이라는

즐거운 분위기로 옮겨 간다.

내가 진정한 사랑을 찾으려다

사탄이 두 팔을 벌리고 있는

지옥의 문 앞에 다다를 때마다

지나가던 산들바람이 흔든

풍경처럼 영롱한

여자 친구들의 웃음소리를 떠올리고

행복한 남자들의 우렁찬 박장대소를 기억하면

나의 두 발은 여유로우면서도 굳건하게

험악한 문을 지나서

STOP GO

단장(斷腸)의 아픔이라는 악마로부터 멀찌감치 떨어진 안전
한 곳으로 걸어간다.

목수인 나는
가끔 튼튼한 집을 짓기도 하지만
건물의 기반이 되는 땅을
잘 살피지 않는 경우가 많다.
예쁜 집을 짓고
일 년을 살았는데
흐르는 모래 위에
터를 잡고 지은 집이라
파도에 서서히 떠밀려갔다.

또 한번은 창문이
거울처럼 반짝이고
벽에는
값비싼 태피스트리가 걸려 있는
대저택을 지었지만

땅이 살짝 흔들리자
벽이 무너지고 바닥이 갈라져
나의 성은 내 발치로 산산이 무너져내렸다.

이런 일들로 인한 마음의 동요와 건축의 그 덧없음은
죽어가는 사랑과 어찌나 닮았던지.

친구들과 나누는 정신적인 사랑과
아이들을 가족처럼 아끼는 마음이 있으면
멍든 영혼에 기운을 불어넣고
상처받은 가슴을 고칠 수 있음을
알았으니
육체적인 사랑이여
이제 안녕.

당분간은……

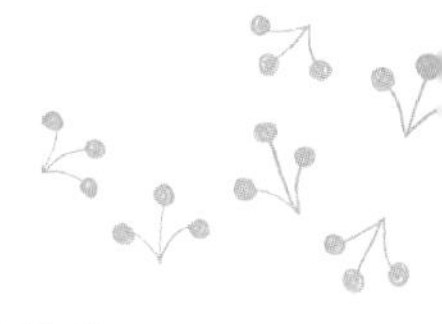

고맙다, 세상의 모든 연인들이여

예순 살 난 내 친구가 얼마 전에 쉰두 살의 남자와 재혼했다. 결혼식에 참석해보니 못마땅해서 표정이 굳은 하객들이 많았다. 남자는 무슨 목적으로 그녀와 결혼하는 걸까? 자기보다 서너 살 어린 여자도 있을 텐데. 또 그녀는 뭐하러 그 남자와 결혼하는 걸까? 십 년만 지나면 골다골증이 안장 없는 자기 등에 그녀를 태울 테고, 관절염 때문에 손도 흉측하게 변할 텐데. 젊었을 때 제 짝을 찾지 못했으면 그냥 포기하고, 항복하고, 많은 나이와 외로움을 받아들일 것이지.

나는 어떻게 생각했을까? 나는 이렇게 말했다.

"나는 연인들을 칭송하고, 연인들을 보면 힘이 납니다. 그들

의 용기로 인해 나도 용기가 생기고, 그들의 열정에 나도 뜨거
워집니다."

　　내가 사랑의 정점과 나락과

　　떨림과 오싹함과 전율을

　　이야기하러 왔나니

　　나는 사랑을 사랑하고

　　사랑이 넘치는 사랑을 사랑하며

　　그리고 감히 누군가를 사랑하는

　　용감하고 씩씩한 사람들을

　　분명 사랑한다고 이야기하러 왔나니.

　　오늘 두 연인은

　　수줍음의 족쇄를 끊고

　　밖으로 걸어나와

　　온 세상에 선포하노니

　　　"친구와 가족 여러분, 저희 두 사람은

　　　저희 육신에 남겨진

　　　세월의 흔적과

저희 영혼에 새겨진

지키지 못한 과거의 맹세를 하나도 부인하지 않습니다.

이와 같은 의식은

좀더 젊은 사람들의 몫이라 생각하실지 모르겠지만

저희 두 사람은 사랑에 힘입어

저희 주름살을 인정하면서

결혼이라는 성역으로 용감히 뛰어들려 합니다.

저희 주름살은

만천하에 드러나 있고

저희 몸은

세월의 무게를 알고 있습니다.

하지만 저희 두 사람은 감히

외로움을 거부하고

행복한 결혼생활에 따르는

가슴 설레는 교감을 누리고자 합니다.

저희는 감히 그렇게 소망합니다."

그들은 사랑으로 인해 행복하고, 그들이 비추는 사랑의 빛으로 인해 우리 모두 풍요로워진다.

고맙다, 세상의 모든 연인들이여.

졸업을 축하하며

그리고 이제 일이 시작되고
그리고 이제 즐거움이 시작되고
이제 지루한 공부와
짜릿한 배움으로 점철되었던
준비의 나날들이
그 이유를 찾는다.

뒤범벅이던 단어와
뒤엉켜 있던 크고 작은 생각들이
정리되기 시작하고

오늘 아침, 너희들 앞에
미래의 거대한 청사진의
일부가 드러난다.

원서를 쓰며 보낸 날들,
부모님들의 기대,
그리고 선생님들의 노력이
한데 어우러져 지금 이 순간이
너희 손에 쥐여졌다.

오늘 너희는
아침의 왕자, 공주이다.
여름의 신사, 숙녀인 너희는
수많은 덕목 중에서도
가장 귀한 덕목의 상징이다.
실제로 혹은 상징적으로
땀방울의 결과인 학사복을 입고
오늘 이 자리에 앉아 있는

너희들의 용기가 하늘을 찌르는 게 보이는구나.

너희들 모두

영민하고 똑똑하지만

용감했기 때문에

지금 이 순간에 이르렀을 것이다.

그랬을 것이다.

너희들 뒤에는 종종

특권층이라는 꼬리표가 따라다닌다.

그것은 물론

부유하거나 아니면 끊임없이 욕구와 사투를 벌여야 하는 집
안에서 태어났다는 뜻이겠지.

어떤 경우든 너희들은

남다른 용기를 계발했기에

이 순간을 만들어냈겠지.

젊음이나 미모, 재치, 상냥한 마음씨, 인정 등

모든 덕목 중에

가장 훌륭한 것이

용기다.

그것이 없으면 그 어떤 덕목도

꾸준히 발휘할 수 없으니까.

그런데 지금 너희들은

그 가장 놀라운 덕목을

빚어내는 능력을 보여주고 있구나.

너희들은 속으로 궁금해하고 있을 것이다.

그것으로 무엇을 할 것인가에 대해.

걱정할 필요는 없다.

너희 손위 형제들과 부모님 그리고

너희들 이름조차 모르는 낯선 사람들,

내년 혹은 그 이후에

학사복을 입고 학사모를 쓰고

오늘 너희들이 앉은 그 자리에

앉게 될 후배들도 머릿속으로
똑같은 것을 궁금해하면서
그걸 가지고 무엇을 할 것인지
물을 테니.
아프리카 속담이 하나 있지.

지금 너희들의 상황에 잘 어울리는.

"도둑의 고민은 무슨 수로
추장의 뿔피리를 훔치느냐가 아니라
어디에서 그 뿔피리를 부느냐 하는 것이다."

너희들은 이 나라를, 우리나라를
지금보다 나은 곳으로 만들기 위해
일할 준비가 되어 있느냐.

왜냐하면 그것이 너희들의 임무이니까.
너희들이 열심히 일하고

시간과 에너지를 희생하는
이유가 그것이니까.
너희들이 너희 나라와 너희 세상을
변화시킬 수 있도록
너희 부모님이나
정부에서 학비를 지원한 것이니까.

술이 달린 학사모 너머로 시선을 돌리면
부당한 일들이 보일 것이다.
네 손가락 끝에서
잔인함과
불합리한 증오와 근본적인 슬픔과
치 떨리는 외로움이 느껴질 것이다.

너희들이
이 세상에 기여하기 위해 받은
이 학위를 활용해
이 세상에 발자취를 남기거라.

너희 가족들이, 모든 가족들이

너희가 그래주길

바라고 있다.

길시는 거대하고

욕구는 크나큰 법.

그러니 마음을 굳게 먹어라.

너희들은

이미 용기를 보여주었으니.

그리고 명심하거라

선한 의도를 가진 한 사람이

다수를 움직일 수 있다는 것을.

우리에게 주어진 인생은 단 한 번뿐이니

헛되게, 무기력하게 보낸 날들을

후회하지 않게 살자꾸나.

연구에 몰두했던 날들,

벼락치기로 공부했던 밤들도
때가 되면 잊혀진다는 것을 알고
너희들은 깜짝 놀라게 될 것이다.

불면의 밤을 보낸 지난 몇 년과
불안한 날을 보낸 지난 몇 개월이
'좋았던 그 시절'이라는
전혀 다른 시간으로 뭉뚱그려지며
너희들의 실재를 직면해야 하기 때문에
초대장이 없으면 그 시절을 찾아갈 수 없다는 것을 알고
너희들은 깜짝 놀라게 될 것이다.
너희들은 준비가 되었으니
나가서 너희들의 세상을 변화시키거라.

졸업을 환영한다.
축하한다.

시

내 두 팔을 벌리고

태양을 마주하여

춤추고! 돌고! 돌고!

짧은 하루가 끝날 때까지.

어스레한 저녁에 쉬는……

키가 크고 늘씬한 나무……

부드럽게 다가온 밤은

나처럼 까만색.

(『랭스턴 휴스 시선집』에서, 앨프리드 A. 크노프 & 빈티지

프레스)

아프리카와 아프리카계 미국인 시인들을 관통하는 주제가 하나 있다면 분명 "모두들…… 나처럼 까만색이고 싶지 않을까?"일 것이다. 흑인 시인들은 자신의 피부색에 기뻐하고, 바닥은 분홍색이고 등은 깊은 암흑과도 같은 자신의 손에 탐닉하며, 조상들에게 물려받은 유물로 자기 자신을 엄숙하게 치장한다.

이들의 작품에서 넘치는 자부심을 접하면 유럽 독자들은 망연자실해질 것이다. 비천한 상황에서 어떻게 미칠 듯 기뻐할 수 있는지. 잔인한 감옥생활에서 어떻게 희열을 느낄 수 있는지. 사회에서 거부당한 사람들이 무슨 수로 자긍심을 느끼는지.

에메 세제르*는 아프리카인들을 이렇게 표현했다.

화약도, 나침반도 발명하지 않은 그들
증기도, 전기도 정복할 줄 몰랐던 그들
바다도, 하늘도 탐험하지 않은 그들

---

*프랑스어로 작품 활동을 한 아프리카의 시인이자 극작가.

하지만 그들이 없으면 땅이 땅일 수 없나니……

나의 흑인됨은 한낮의 소음을 향해 던져진

귀머거리 돌이 아니고

나의 흑인됨은 이 땅의 죽은 눈 위를 흐르는 죽은 물 한 방

울도 아니고

나의 흑인됨은 탑도 아니고 대성당도 아니라……

그 꼿꼿한 끈기로 뿌연 우울함을 뚫나니.

(『내 고향으로 돌아가다』에서, 블러드액스 북스)

세제르의 기백은 이런 작품을 남긴 미국의 흑인 시인 멜빈

B. 톨슨과 비슷했다.

이 땅의 어느 누구도

오늘날 우리 흑인들에게 이런 말을 하지 못하리.

너희는 자수성가한 이야기로 가난한 자들을 속이고

노동자들에게 빈 그릇을 남겨준다고.

이 땅의 어느 누구도

오늘날 우리 흑인들에게 이런 말을 하지 못하리.

너희는 파리 떼처럼

불을 내뿜는 탱크를 보내고

폭약이 터지는 하늘에서 지옥을 퍼올린다고.

너희는 기관총이 빗발치는 마을을 썩어가는 시체로 채우고

아이들이 배가 고파 우는 무인지대로 만든다고.

(『검눙이 대열』에서, 시타델 프레스)

　메리 에번스는 시「나는 흑인 여자다」를 통해 아프리카계 미국인들, 그중에서도 특히 여성들에게 용기를 준다.

나는

흑인 여자다

사이프러스처럼 키가 크고

튼튼하며

말로 표현할 수 없을 만큼 묵묵하고

장소와

시간과

환경을 무시하며

공격을 당해도

상처받지 않고

무너지지 않는

그대

나를 보고

새로워지라

(『나는 흑인 여자다』에서, 윌리엄 모로 사)

　사실 흑인 시인들이 억압을 이야기한 것은 예전에 할렘 문예 부흥*을 주도한 작가들에게 많은 영향을 받아서이다. 미국의 흑인 시인들은 그들의 피부색을 기치 삼아 백인 문학계에 그들이 흑인임을 선포했다. 랭스턴 휴스의 「나는 그런 강을 알고 있지」가 피부색에 자부심을 가지라고 미국 흑인들을 응원하는 슬로건이 되었을 때, 그 여파는 프랑스와 영국 식민지에 거주하는 아프리카인들에게까지 미쳤다.

　스털링 A. 브라운의 「강한 사람들」은 아프리카 시인들에게

---

* 1920년대 미국 흑인 작가들에 의해 일어난 창조적인 문학 운동.

긍정적인 영향을 미쳤다.

그들은 너희에게서 고향을 앗아갔고

그들은 너희에게 족쇄를 채웠고

그들은 너희를 팔았고

그들은 너희를 매질했고

그들은 너희에게 낙인을 찍었고

그들은 너희 여자들을 씨받이로 만들었고

그들은 사생아로 너희 숫자를 늘렸다.

너희는 노래를 불렀다. '가엾은 자벌레처럼 조금씩 꿈틀 꿈틀.'

너희는 노래를 불렀다. '함께 걷자, 애들아…… 지치면 안 돼.'

강한 사람들은 계속 전진하는 법

강한 사람들은 계속 강해지는 법.

(『검둥이 대열』에서, 시타델 프레스)

이 작품과 클로드 매케이의 「하얀 집」과 카운티 컬런의 「유산」은 식민지 아프리카 시인들을 비추는 등불이었다. 카리브 해와 아프리카 대륙의 아프리카 시인들은 미국의 아프리카 시인들과 공통점이 많았다. 그들에게는 식민 지배자의 언어로 식민 지배에 반대하는 시를 써야 하는 힘든 임무가 있었다. 바꿔 말하면 이것은 적의 무기로 적을 약화시켜야 한다는 뜻이었다. 그들은 한 걸음 더 나아가서 달변과 열정으로 적을 설득해 그들을 자기편으로 만들 수 있기를 바랐다.

그들이 지핀 희망의 불씨는 아직 꺼지지 않았다. 랭스턴 휴스의 「나도 미국을 노래한다」를 읽으면 그 희망의 불씨를 느낄 수 있다.

나도 미국을 노래한다.

나는 살갗이 검은 형제.
친구가 오면
밥을 먹을 때 부엌으로 쫓겨나지만
그래도 나는 웃으면서

밥을 든든히 먹고
점점 튼튼해진다.

내일이면 나는
친구가 왔을 때
식탁에 앉을 것이다.
어느 누구도 감히
나에게
부엌에서 밥을 먹으라고 하지 못할 것이다.
그때가 되면.

그리고
그들은 내가 얼마나 훌륭한 사람인지 깨닫고
부끄러워할 것이다……
나도 미국인이니.
(『랭스턴 휴스 시선집』에서, 앨프리드 A. 크노프 & 빈티지
프레스)

진실 안에서 배우는 교훈

샌프란시스코에서 살 때 나는 닳고 닳은 회의론자로 지낸 적이 있었다. 더이상 하느님을 믿지 않은 게 아니라 내가 주로 다니는 동네에는 하느님이 살지 않는 것처럼 느끼던 때였다. 그러다 성악 선생님에게서 『진실 안에서 배우는 교훈』이라는 책을 소개받았다.

내게 성악을 가르쳐주었던 프레더릭 윌커슨 선생님은 오페라 가수, 나이트클럽 가수, 대중 가수, 카바레 가수 등 여러 분야의 제자를 두었다. 그는 한 달에 한 번씩 제자들을 모두 초대해 『진실 안에서 배우는 교훈』의 일부분을 읽어주었다.

한번은 모두 백인인 다른 학생들과 나 그리고 선생님이 동그

랗게 앉아 있었다. 선생님이 나에게 "하느님은 나를 사랑하신다"로 끝나는 대목을 읽게 했다. 나는 그 구절을 읽고 책을 덮었다. 선생님이 "다시 읽어라"라고 말했다. 나는 신경질적으로 책을 펴고 약간 빈정거리는 투로 "하느님은 나를 사랑하신다"라고 읽었다. 선생님은 "다시"라고 했다. 전문가이고 나이도 많고 백인인 다른 학생들 앞에서 나를 웃음거리로 만들려는 건가 싶었다. 일곱 번쯤 다시 읽었을 때 나는 초조해지면서 그 구절 안에 일말의 진실이 깃들어 있을지도 모른다는 생각이 들기 시작했다. 하느님이 정말로 나, 마야 안젤루를 사랑할 수도 있는 일이었다. 그 장중함과 위대함에 눈물이 흘렀다. 만약 하느님이 나를 사랑한다면 나는 놀라운 일들을 이루고, 위대한 일들을 시도하고, 무엇이든 배우고 성취할 수 있었다. 하느님과 함께라면 내가 곧 절대 다수인데 어느 누가 나를 거스를 수 있겠는가.

그런 생각을 하면 지금도 나는 겸손해지고, 뼈가 녹고, 귀가 닫히고, 이가 흔들린다. 그런가 하면 또 한편으론 홀가분해진다. 나는 높은 하늘을 넘고 조용한 계곡 밑으로 날아가는 커다란 새다. 나는 은빛 바다 위의 잔물결이다. 나는 완전히 자랄 생각에 몸을 떠는 봄 잎사귀다.

고맙게도 나는 노스캐롤라이나 주 윈스턴세일럼에 있는 시온산 침례교회 교인이다. 그런가 하면 워싱턴 DC에 있는 메트로폴리탄 침례교회의 가호를 받고 있고, 캘리포니아 주 샌프란시스코에 있는 글라이드 메모리얼 감리교회에 참석한다.

나는 어느 교회가 되었건 반드시 참석해 내가 하는 일과 하지 않는 일에 대해 설명하려고 노력한다. 언젠가 나는 하느님 앞에 나아가 설명하게 될 것이다. 그때 부족하다는 판정이 내려지지 않기를 소망한다.

믿음을 유지하는 것에 관하여

칠순을 훌쩍 넘긴 지금도 나는 많은 일에 놀라워한다. 사람들이 다가와서 묻지도 않았는데 스스로 그리스도교도라고 밝히면 나는 깜짝 놀라거나 당황한다. 그런 이야기를 들었을 때 내가 맨 처음 하는 말은 "벌써요?"이다.

그리스도교도가 된다는 것은 평생 노력이 필요한 일이다. 불교나 이슬람교나 유대교나 자이나교나 도교의 경우도 마찬가지이다. 종교적인 신념을 지키며 살려고 노력하는 사람들은 알겠지만, 근심 걱정 없는 경지에 도달하거나 영원히 머무는 것은 불가능한 일이다. 그런 경지를 추구하는 데서 희열을 느낄 뿐이다.

대공황 시절에는 모두 힘들었지만, 남부에서 홀몸으로 장성한 장애인 아들을 돌보고 어린 손자 둘을 키워야 했던 흑인 여자는 특히 그랬을 것이다.

마마라고 불렸던 우리 할머니에 대한 첫 기억을 꼽으라면 발밑으로 아무것도 보이지 않는 몇 천 피트 상공에 우뚝 서 있던, 키가 크고 피부는 계피색이고 목소리는 굵고 낮았던 한 여인의 모습이다.

어려운 일이 있을 때마다 마마는 두 손을 깍지 껴서 뒷짐을 지고, 마음만 먹으면 하늘로 올라갈 수 있는 사람처럼 고개를 들고, 180센티미터가 넘는 몸을 꼿꼿하게 폈다. 그러고는 가족들에게, 더 넓게는 온 세상 사람들에게 이렇게 말했다.

"필요한 물건들을 어디 가면 구할 수 있을지 모르겠지만, 하느님의 말씀에 따라 걸어갈 거다. 나는 그리스도교도가 될 수 있도록 노력하고, 그저 하느님의 말씀에 따라 걸어갈 거다."

마마는 그 말이 떨어지기가 무섭게 우주로 날아갔다. 마마의 발치에는 달이, 머리에는 별이 있었고, 혜성들이 어깨를 감싸고 빙글빙글 돌았다. 마마는 키가 180센티미터가 넘었고 하느님의 말씀에 따라 살았으니 하늘의 거인이었다. 하느님의 말씀을 발치에 거느리고 있었으니 내가 보기에 마마는 막강한 위인이었다.

한참 뒤에 내가 할머니를 생각하면서 만든 복음성가를 미사시피 성가대가 우렁차게 불러준 적이 있었다.

당신이 당신의 팔에 기대라 했으니
나는 기대고 있고
당신이 당신의 사랑을 믿으라 했으니
나는 믿고 있고
당신이 당신의 이름을 부르라 했으니
나는 부르고 있네
당신의 말씀에 따라 걷고 있네.

하느님의 존재가 의심스러워질 때마다 고개를 들고 하늘을 쳐다보면, 바로 거기, 태양과 달 사이에 우리 할머니가 서서 신음 소리와 자장가의 중간쯤에 해당되는 소리로 기나긴 찬송가를 부르고 있었다. 보이지 않는 것들을 분명하게 만드는 건 믿음이다.

나는 그저 그리스도교도가 되기 위해 오늘도, 내일도 노력할
따름이다.

지은이 **마야 안젤루**
미국의 시인, 작가, 민권운동가. 1969년, 열일곱 살 때까지의 삶을 다룬 자전적 소설『새
장에 갇힌 새가 왜 노래하는지 나는 아네』를 발표해 베스트셀러 작가 반열에 올랐다. 이
후 2013년 마지막으로 발표한 에세이『엄마, 나 그리고 엄마』에 이르기까지 총 일곱 권의
책을 펴내며, 자신만의 '자서전적 소설' 장르를 구축했다. 가수, 작곡가, 배우, 극작가, 영
화감독, 프로듀서, 교수 등으로 다양한 분야에서 활약했고 마틴 루서 킹 목사, 맬컴 엑스
와 함께 민권운동에도 힘썼다. 2014년 5월 세상을 떠났다.

옮긴이 **이은선**
연세대학교 중어중문학과와 같은 학교 국제대학원 동아시아학과를 졸업했다. 출판사 편
집자, 저작권 담당자를 거쳐 번역가로 활동중이다. 옮긴 책으로『엄마, 나 그리고 엄마』
『다이어트랜드』『사라의 열쇠』『고아 열차』『엄마가 있어줄게』『그레이스』『맥파이 살인
사건』등이 있다.

문학동네 세계문학
딸에게 보내는 편지

1판 1쇄 2010년 2월 25일 | 1판 5쇄 2019년 3월 5일

지은이 마야 안젤루 | 옮긴이 이은선 | 펴낸이 염현숙

기획 이현자 | 책임편집 이현자 오영나 강건모 | 독자 모니터 전혜진
디자인 엄혜리 이원경 | 저작권 한문숙 김지영
마케팅 정민호 정진아 함유지 김혜연 박지영 김수현 | 홍보 김희숙 김상만 이천희
제작 강신은 김동욱 임현식 | 제작처 (주)상지사P&B

펴낸곳 (주)문학동네
출판등록 1993년 10월 22일 제406-2003-000045호
주소 10881 경기도 파주시 회동길 210
전자우편 editor@munhak.com | 대표전화 031) 955-8888 | 팩스 031) 955-8855
문의전화 031) 955-8862(마케팅) 031) 955-2634(편집)
문학동네카페 http://cafe.naver.com/mhdn | 트위터 @munhakdongne
북클럽문학동네 http://bookclubmunhak.com

ISBN 978-89-546-0987-6 03840

www.munhak.com